撐一支長篙 向青草更青處漫溯
滿載一船星輝 在星輝斑爛裡放歌
但我不能放歌 悄悄是別離的笙簫
夏蟲也為我沉默 沈默是今晚的康橋

悄悄的我走了
正如我悄悄的來
我揮一揮衣袖
不帶走一片雲彩

徐志摩詩作 06.4.4 小雯錄

最美情书系列

见信如面

鲁迅 等著

中国出版集团
中译出版社

吉走一趟，大概正庚辰以五元，己收到你两囗信笺

儡光拿玉拂手罪海洋车俄外，自己此化了十五元，一车零伍

计……拂的。王于萬華，即你坐很贵，而以一来此不買，

一年是買得拂的。王于萬華，即你坐很贵，而以一来此不買。

明天仍去同會传那柳疏去没信，將來往西山一趟看、耒圃

聽他朋友的口气，恐怕總是要來了○章瑩益都長大了一點。待先日

往北大講演以，便去哲同廬之準備，隨後日本儘有一隻叫「天津丸」的

是從天津直航上海，不隨去準備，隨後日本儘有一隻叫「天津丸」的

今天路過前門車站，有見很多兼眉要書列樓坊了，但這些典禮，

似手六方劉人在的

我這次回來，正徒暑假似的边，可以很有我麽想這

往地位，總是漠然。离安因計北平是不壞的，但因為很南方天同了，

可以発有世外桃源之感，我走此雖已十天，我手竟气剌我，

蔬位之憎的。上岳雖弊援，但也到有生氣。

再改再读罢。我此很好的。

小公家

五、二三、

目录

瞿秋白致杨之华　001-008

海鸥绕着桅樯，像是依恋不舍

鲁迅致许广平　009-036

我自己如何在世上混过去的方法
两地书（一）
两地书（二）
两地书（三）
我必须改变我的农奴生活
咱们还是漂流几时的好
你不要求之过深

林觉民致陈意映　037-047

吾灵尚依依旁汝也

陈觉致赵云霄 049-054
这是我给你的最后的信了

田汉致白英 055-064
人生歧途入口的忠告

高君宇致石评梅 & 石评梅致高君宇 065-074

高君宇致石评梅
为了你死，为了你生

石评梅致高君宇
缄情寄向黄泉

彭雪枫致林颖 075-092
一封家书
我想我应该努力了，请你给我勇气！
一个人的中秋夜

庐隐致李唯健 093-115
我愿你不要失去你自己
沉默的时候，就是宇宙包容一切的时候

目录

请用伟大的同情抚慰我

人类是不可思议的神秘的怪物

我最喜欢黄昏时候

望你安心写诗，高兴生活

幸福与坎坷都在你自己

月色清明

朱湘致刘霓君　117–138

我的霓妹妹，无须省钱

接到你三封信，快活得很

因为你爱我，所以我的话你都留心在意

我握着你的手，低声说些喊喊话

夫妻是天下最亲爱的人

赠答霓妹来诗

徐志摩致陆小曼 & 陆小曼致徐志摩　139–169

徐志摩致陆小曼

我只能平看着你

我爱你朴素,不爱你奢华

只想陪你一起吃苦

陆小曼致徐志摩

我愿意从此跟你往高处飞,往明处走

耐心等待命运的安排

你我的一段情缘,只好到此为止

朱生豪致宋清如　171-212

醒来觉得甚是爱你

我只以为我会永远欢喜你的

金鼠牌的星期日节目

我姓洪,名水,字淡如

我不准你比我大

看宋清如甜甜地睡觉

我希望世上有两个宋清如

女皇陛下,臣稽首

比你更好,即是不好

打油诗三首

我所思兮在之江,爱人赠我一包糖

不要愁老之将至,你老了一定很可爱

目录

在梦里我离不开你,永远
只有你是青天一样可爱
不许你再叫我朱先生

萧红致萧军 213-243

我常常怀疑自己
总算两个灵魂和两根琴弦似的互相调谐过
我的心又安然下来了
你说我滚回去,你想我了吗
我崇敬粗大的、宽宏灵魂
漂泊的灵魂
我的"寂寂寞寞"
有钱除掉吃饭也买不到别的乐趣

闻一多致高孝贞 245-266

大家在一起,我也心安
我在想你,我亲爱的妻

这未免太残忍

你常常写信来，我就快乐

你的信使我喜出望外

再一个月，我们就可见面

如何教你不恨我？

黄炎培致姚维钧 & 姚维钧致黄炎培　267–293

黄炎培致姚维钧

谢君厚意

人生旅行，是真性情暴露的最容易时机

芳草也正在求我

智者千虑，必有一失

姚维钧致黄炎培

我火烈烈的情绪无法传达

你现在不能爱我

瞿秋白致杨之华

瞿秋白在认识杨之华前,有过一任妻子——王剑虹。他们二人情投意合,认识半年便成婚,两人都有志于革命,并且都热爱文学,本是伉俪情深。然而遗憾的是,王剑虹感染上了肺结核,以当时的医疗条件,肺结核是重病,很难医治,婚后七个月,王剑虹便离瞿秋白而去。

1923年,瞿秋白在上海大学任教,是社会学系的系主任,认识了当时在社会学系读书的杨之华。杨之华在二十岁时就嫁给了浙江有名的开明士绅沈玄庐的儿子沈剑龙,并生有一女。沈剑龙到了上海后,无法抵抗十里洋场、灯红酒绿的诱惑,便开始堕落了。杨之华气愤之余无可奈何,自己到上海

1930年7月,瞿秋白和杨之华摄于莫斯科

去读书。

　　瞿秋白风度翩翩、才华横溢、知识渊博,在师生中的声望很高,杨之华第一次见他,就对他留下了很深的印象。杨之华思想进步,学习努力,又是社会活动的积极分子,瞿秋白与她渐渐熟悉起来,还做了她的入党介绍人。在日后的交往中,二人互相产生了好感。杨之华知道自己是有夫之妇,虽然丈夫背叛了她,但毕竟没有离婚,于是选择了回避瞿秋

白，跑回萧山娘家。瞿秋白思虑和挣扎良久，最终还是决定到萧山杨家找杨之华。当时沈剑龙也在杨家，在杨家大哥的建议下，三人决定坐下来冷静地把事情解决。没想到，沈剑龙对瞿秋白一见如故，十分钦佩他的才华和品格，三人长谈了一夜。临走时，彼此都十分平静。杨之华的妹妹杨之英曾就这场谈话的结果写道："三个人关在房间里谈了一整夜，临别时，我看他们的谈话都心平气和，十分平静，猜想姐姐与剑龙离婚的事和秋白结婚的事都达成了共识。"

瞿秋白和杨之华回到上海不久，上海的《民国日报》刊登三条启文，原文如下：

> 杨之华沈剑龙启事：自一九二四年十一月十八日起，我们正式脱离恋爱的关系。
>
> 瞿秋白杨之华启事：自一九二四年十一月十八日起，我们正式结合恋爱的关系。
>
> 沈剑龙瞿秋白启事：自一九二四年十一月十八日起，我们正式结合朋友的关系。

这三条启事连续刊登了三天，几乎轰动整个上海滩。瞿秋白和杨之华结婚那天，沈剑龙到场亲贺，送上祝福。此后，瞿秋白和沈剑龙成为很好的朋友，并常有书信来往。

瞿秋白与杨之华婚后十分幸福，不久，便把她与沈剑龙的女儿接到身边，瞿秋白对这个女儿视如己出。瞿秋白为了表达对杨之华的爱意，他亲自篆刻了三枚图章：秋白之华、秋之白华、白华之秋，颇有一种"我中有你，你中有我，无你无我，永不分离"的深厚情谊。不但如此，瞿秋白还将一枚刻有"赠我生命的伴侣"的金别针送给杨之华，也正是这枚金别针，在瞿秋白走后，陪伴杨之华走过了往后余生。

1935年初，瞿秋白在向香港转移途中，在福建被地方反动武装保安十四团钟绍葵的部队俘获，最终英勇就义，年仅三十六岁。

余生，杨之华矢志不渝，没有再嫁，独立抚养女儿，守着瞿秋白留下的文字，凭着坚强的信念，一边工作，一边整理文稿，一边不断地寻找瞿秋白的骸骨。有人劝杨之华再婚，可杨之华说："再也没有人比秋白对我更好了。"

1955年，杨之

瞿秋白致杨之华书信手迹

华经过二十年的努力寻找,终于在福建长汀找到了瞿秋白的骸骨,并将之运回北京,安葬在八宝山革命公墓。周恩来总理亲笔为碑铭题写"瞿秋白之墓"。杨之华用余生行动表达着对瞿秋白的挚爱,回报了瞿秋白对她的一往情深。

海鸥绕着桅樯，像是依恋不舍

> **❝** 空阔的天穹和碧落的海光，令人深深的了解那"天涯"的意义 **❞**

之华：

　　临走的时候，极想你能送我一站，你竟徘徊着。海风是如此的飘漾，晴朗的天日照着我俩的离怀。相思的滋味又上心头，六年以来，这是第几次呢？空阔的天穹和碧落的海光，令人深深的了解那"天涯"的意义。海鸥绕着桅樯，像是依恋不舍，其实双双栖宿的海鸥，有着自由的两翅，还羡慕人间的鞅掌。我俩只是少健康，否则如今正是好时光，像海鸥样的自由，像海天般的空旷，正好准备着我俩的力量，携手上沙场。之华，我梦里也不能离你的印象。

　　独伊想起我吗？你一定要将地名留下，我在回来之时，要去看她一趟。

下年她要能换一个学校，一定是更好了。你去那里，尽心的准备着工作，见着娘家的人，多么好的机会。我追着就来，一定是可以同着回来，不像现在这样寂寞。你的病怎样？

我只是牵记着。

可惜，这次不能写信，你不能写信。我要你弄一本小书，将你要写的话，写在书上，等我回来看。好不好？

秋白
7月15日

鲁迅致许广平

1898年,许广平刚出生三天时,她的父亲就把她许配给一个姓马的劣绅家。随着年龄的增长,读书渐多,她渐渐知道只有自己有了独立生活的能力,婚姻才可以不受家人摆布。1918年, 她二十岁时,毅然脱离家庭,考入天津直隶第一女子师范学校。为谋求深造,她又于1922年考入北京女子高等师范学校。

许广平二十七岁那年,鲁迅到女高师兼课。鲁迅的授课给许广平留下了极为深刻的印象。在她的心目中,鲁迅是可敬的,同时又是可亲的。

许广平说过,"爱情的滋生,是漠漠混混,不知不觉的"。

她和鲁迅之间，竟不知怎的就彼此相爱了。他们的爱情异于寻常之处，就是并非始于异性之间的化学反应，而是她深深地被鲁迅身上所闪耀的真理之光的吸引。

从1925年3月11日起，许广平跟鲁迅开始通信。许广平后来在《为了爱》一文中写道："……一切的经过，看《两地书》就成，那里没有灿烂的花，没有热恋的情，我们心换着心，为人类工作，携手偕行。"

1925年10月，许广平勇敢地向鲁迅这个封建宗法社会的"逆子"，奉献了一颗传统偏见无法移撼的心。她以"平林"为笔名写了一篇散文《风子是我的爱》，用含蓄的方式表达

1. 许广平学生时代
2. 鲁迅许广平一家合影

了她对鲁迅的爱情，并向旧传统、旧礼教发出了挑战："不自量也罢，不相当也罢；合法也罢，不合法也罢，这都与我们不相干。"而在他们的书信中，许广平对鲁迅的称呼由最初的"鲁迅先生""鲁迅师"，慢慢变为"My dear teacher""B.EL""EL.DEAR""EL.D"或"D.EL"，而鲁迅则称其为"广平兄""D.H.M""H.D""D.H"等，其中的英文字母D是"dear"的简写，意为"亲爱的"。除此之外，更有"小刺猬""小莲蓬""哥姑"等一系列爱称——足见鲁迅也开始大胆、坚定地表达自己的所爱所想。

　　1927年10月3日，鲁迅、许广平一同来到上海，开始了共同生活。在跟鲁迅相处的日子里，许广平始终相随左右，生死与共，竭其所能，给鲁迅以多方面的帮助。她替鲁迅购买参考书籍，查找有关资料。对鲁迅的起居饮食，许广平更是照顾得无微不至，尽力使鲁迅不受无谓的烦扰。为了不浪费鲁迅的有限收入，许广平精打细算，克勤克俭。

　　1936年10月19日，鲁迅临终前好几次紧握许广平的手，无言地跟他最亲爱的夫人诀别。

　　鲁迅的一生，若不是许广平，他终将是一个孤独的伟人，一个冷峻严肃的思想先驱；而有了她，他才不光是一位思想的斗士，更成为一个多情的丈夫。他在世时，她给了他温馨幸福的家，还是他事业上的得力助手；他身故后，她是他精神最忠诚的继承者和最热忱的弘扬者，整理、出版、保存了大量的鲁迅遗稿。

1968年,因鲁迅先生的遗稿被人夺去,许广平悲怒交加,导致心脏病突发去世。

鲁迅生前曾购得《芥子园画谱》三集,赠予许广平,并题诗一首,正是他们一生情感生活的写照:

"十年携手共艰危,以沫相濡亦可哀。聊借画图怡倦眼,此中甘苦两心知。"

鲁迅逝世十年后,许广平作了一篇《十周年祭》怀念她与鲁迅共同走过的岁月:

"呜呼先生,十载恩情,毕生知遇,提携体贴,抚盲督注。有如慈母,或肖严父,师长丈夫,融而为一。呜呼先生,谁谓茶苦,或甘如饴,唯我寸心,先生庶知。"

这些情真意切的文字,是最显真面的,它们更是灵魂的一面镜子,其中酸甜苦辣,感念思怀,窥镜人自明之。

我自己如何在世上混过去的方法

> 我对于自己的苦闷的办法,是专与痛苦捣乱,将无赖手段当做胜利,硬唱凯歌。

广平兄:

今天收到来信,有些问题恐怕我答不出,姑且写下去看。

学风如何,我以为和政治状态及社会情形相关的,倘在山林中,该可以比城市好一点,只要办事人员好。但若政治昏暗,好的人也不能做办事人员,学生在学校中,只是少听到一些可厌的新闻,待到出校和社会接触,仍然要苦痛,仍然要堕落,无非略有迟早之分。所以我的意思,倒不如在都市中,要堕落的从速堕落罢,要苦痛的速速苦痛罢,否则从较为宁静的地方突到闹处,也须意外地吃惊受苦,其苦痛之总量,与本在都市者略同。

学校的情形，向来如此，但一二十年前，看去仿佛较好者，因为足够办学资格的人们不很多，因而竞争也不猛烈的缘故。现在可多了，竞争也猛烈了，于是坏脾气也就彻底显出。教育界的清高，本是粉饰之谈，其实和别的什么界都一样，人的气质不大容易改变，进几年大学是无甚效力的，况且又有这样的环境，正如人身的血液一坏，体中的一部分绝不能独保健康一样，教育界也不会在这样的民国里特别清高的。

所以，学校之不甚高明，其实由来已久，加以金钱的魔力，本是非常之大，而中国又是向来善于运用金钱诱惑法术的地方，于是自然就成了这现象。听说现在是中学校也有这样的了，间有例外者，大概即因年龄太小，还未感到经济困难或花费的必要之故罢。至于传入女校，当是近来的事，大概其起因，当在女性已经自觉到经济独立的必要，所以获得这独立的方法，不外两途，一是力争，一是取巧，前一法很费力，于是就堕入后一手段去，就是略一清醒，又复昏睡了。可是这不独女界，男人也都如此，所不同者巧取之外，还有豪夺而已。

我其实哪里会"立地成佛"，许多烟卷，不过是麻醉药，烟雾中也没有见过极乐世界。假使我真有指导青年的本领——无论指导得错不错——我决不藏匿起来，但可惜我连自己也没有指南针，到现在还是乱闯，倘若闯入深坑，自己有自己负责，领着别人又怎么好呢，我之怕上讲台讲空话者就为此。记得有一种小说里攻击牧师，说有一个乡下女人，向牧师历诉困苦的半生，请他救助，牧师听毕答道："忍着罢，上帝使你在生前受苦，死后定当赐福的。"其实古今的圣贤以及哲人学者所说，何尝能比这高明些，他们之所谓"将来"，不就是牧师之所谓"死后"么？我所知道的话就是这样，我不相信，但自己也并无更好解释……

我想，苦痛是总与人生联带的，但也有离开的时候，就是当睡熟之际。醒的时候要免去若干苦痛，中国的老法子是"骄傲"与"玩世不恭"，我自己觉得我就有这毛病，不大好。苦茶加"糖"，其苦之量如故，只是聊胜于无"糖"，但这糖就不容易找到，我不知道在哪里，只好交白卷了。

……我再说我自己如何在世上混过去的方法，以供参考罢。

一、走"人生"的长途，最易遇到的有两大难关。其一是"歧路"，倘若墨翟先生，相传是恸哭而返的。但我不哭也不返，先在歧路头坐下，歇一会，或者睡一觉，于是选一条似乎可走的路再走，倘遇见老实人，也许夺他食物充饥，但是不问路，因为我知道他并不知道的。

如果遇见老虎，我就爬上树去，等它饿得走去了再下来，倘它竟不走，我就自己饿死在树上，而且先用带子缠住，连死尸也决不给它吃。但倘若没有树呢？那么，没有法子，只好请它吃了，但也不妨也咬它一口。其二便是"穷途"了。听说阮籍先生也大哭而回，我却也像歧路上的办法一样，还是跨进去，在刺丛里姑且走走，但我也并未遇到全是荆棘毫无可走的地方过，不知道是否世上本无所谓穷途，还是我幸而没有遇着。

二、对于社会的战斗，我是并不挺身而出的，我不劝别人牺牲什么之类者就为此。欧战的时候，最重"壕堑战"，战士伏在壕中，有时吸烟，也唱歌，打纸牌，喝酒，也在壕内开美术展览会，但有时忽向敌人开他几枪。中国多暗箭，挺身而出的勇士容易丧命，这种战法是必要的罢。但恐怕也有时会迫到非短兵相接不可的，这时候，没有法子，就短兵相接。

总结起来，我自己对于苦闷的办法，是专与苦痛捣乱，将无赖手段当作胜利，硬唱凯歌，算是乐趣，这或者就是糖罢。但临末也还是归结到"没有法子"，这真是没有法子！

以上，我自己的办法说完了，就是不过如此，而且近于游戏，不像步步走在人生的正轨上（人生或者有正轨罢,但我不知道),我相信写了出来,未必于你有用,但我也只能写出这些罢了。

EL. 三月十一日

两地书（一）

> 得到了十四日发的小刺猬信，这使我怎样地高兴呀。

小刺猬：

听说上海北平之间的信件，最快是六天，但我于昨天（十八）晚上姑且去看看信箱——这是我们出京后所设的——竟得到了十四日发的小刺猬信，这使我怎样地高兴呀。未曾四条胡同，尤其令我放心，我还希望你善自消遣，能食能睡。写给谢君的信，是很好的，但说得我太好了一点。看现在的情形，我们的前途似乎毫无障碍，但即使有，我也决计要同小刺猬跨过它而前进的，绝不畏缩。

母亲的记忆力坏了些了，观察力注意力也略减，有些脾气，近于小孩子了。对于我们的感情是好的。也希

鲁迅致许广平

望老三回来，但其实是毫无事情。

前天马幼渔来看我，要我往北大教书，当即谢绝。同日又看见李秉中，他是万不料我也在京的，非常高兴。他们明天在来今雨轩结婚，听听口气，两人的感情似乎好起来了。我想于上午去公园一趟，今天托令弟买了绸子衣料一件，价十一元余，作为贺礼带去。女的是女大的学生，音乐系。

林卓凤问令弟，听说鲁迅有要好的人了，结过婚了没有？但未提那"人"是谁。令弟答以不知道。这是细事，不足深考，顺便谈谈而已。她往西山养病，自云胃病，我想，恐怕是肺病罢，否则，何必到西山去养呢。

昨晚探到你的来信后，正看着，车家的男女又来了，见我已回，大吃一惊，男的便到客栈去，女的今天也走了。我对他们很冷淡，因为我又知道了车男寓客厅时，又曾将我的书厨的锁弄破，开开了门。（以上十九日之夜十一点写。）

二十日上午，小刺猬十六日所发的信也收到了，也很快。但老三汇款之信，至今未到，大约因为挂号之故罢。小刺猬的生活法，据报告，很使我放心。我也好的，看见的人，都说我样子比出京时稍好，精神则好得多了。这里天气很热，已穿纱衣，我于空气中的灰尘，已不习惯，

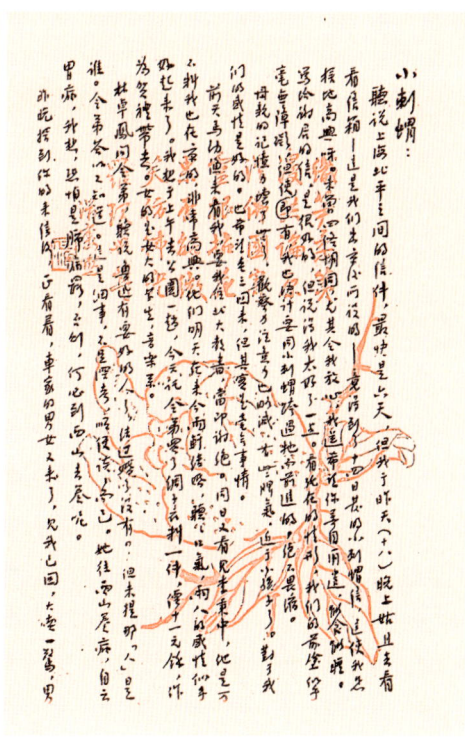

鲁迅致许广平《两地书》（一）手迹

大约就如鱼之在浑水里一般，此外却并无不舒服。

昨天午前往中央公园贺李秉中，他很高兴。在那里看见刘文典，谈了一通。新人一到，我就走了。她比李短一点，并不美，但也不丑，适中的人。下午访沈尹默，略谈了一些时，又访兼士，凤举，徐祖正，徐旭生，都没有会见。就这样的过了一天。夜九点钟，就睡着了，直至今天七点才醒。上午想理些带出的书籍，但头绪纷繁，无从下手,也许终于理不成功的,恐怕《中国字体变迁史》也不是在上海所能作罢。

今天下午我仍要出去访人,明天是往燕大讲演,我这回本来不想多说话,但因为在那边是现代派太出风头了,所以想去讲几句。倘交通如故,我于月初要走了,但决不冒险,千万不要担心,因为我是知道冒险主权,并不是全权在我的。《冰块》留下两本,其余可送赵公们。《奔流》来稿,可请赵公写回信寄还他们,措辞和上次一样。小刺猬,你千万好好保养,下回再谈。(以上二十一日午后一时写。)

你的小白象

两地书（二）

> ❝ 我们之相处，实有深因，它们以它们自己的心，来相窥探猜测，哪里会明白呢。我到这里一看，更确知我们之并不渺小。❞

小莲蓬而小刺猬：

现在是三十日之夜一点钟，我快要睡了；下午已寄出一信，但我还想讲几句话，所以再写一点。

前几天，董秋芳给我一信，说他先前的事，要我查考鉴察。我那有这些工夫来查考他的事状呢，置之不答。下午从西山回，他却等在客厅中，并且知道他还先向母亲房里乱攻，空气甚为紧张。我立即出而大骂之，他竟毫不反抗，反说非常甘心。我看他未免太无刚骨，然而他自说其实是勇士，独对于我，却不反抗。我说我却愿意人对我来反抗。他却道正因如此，所以佩服而不反抗者也。我也为之好笑，乃笑而送出之。大约此后当不再来缠绕了罢。

晚上来了两个人,一个是为孙祥偈翻电报之台,一个是帮我校《唐宋传奇集》之魏,同吃晚饭,谈得很畅快。和上午之纵谈于西山,都是近来快事。他们对于北平学界现状,俱颇不满。我想,此地之先前和"正人君子"战斗之诸公,倘不自己小心,怕就也要变成"正人君子"了。各种劳劳,从我看来,很可不必。我自从到北平后,觉得非常自在,于他们一切言动,甚为漠然;即下午之面斥董公,事后也毫不气忿,因叹在寂寞之世界里,虽欲得一可以对垒之敌人,亦不易也。

鲁迅致许广平《两地书》(二)手迹

小刺猬，我们之相处，实有深因，它们以它们自己的心，来相窥探猜测，那里会明白呢。我到这里一看，更确知我们之并不渺小。

这两星期以来，我一点也不颓唐，但此刻遥想小刺猬之采办布帛之类，豫为小小白象经营，实是乖得可怜，这种性质，真是怎么好呢。我应该快到上海，去管住她。（三十日夜一点半。）

小刺猬，三十一日早晨，被母亲叫醒，睡眠时间少了一点，所以晚上九点钟便睡去，一觉醒来，此刻已是三点钟了。冲了一碗茶，坐在桌前，遥想小刺猬大约是躺着，但不知是睡着还是醒着。五月三十一这天，没有什么事。但下午有三个日本人来看我所藏的关于佛教石刻拓本，颇诧异于收集之多，力劝我作目录。这自然也是我所能为之一，我以外，大约别人也未必做的了，然而我此刻也并无此意。晚间，宋紫佩已为我购得车票，是三日午后二时开，他在报馆中，知道车还可以坐，至多，不过误点（迟到）而已。所以我定于三日启行，有一星期，就可以面谈了，此信发后，拟不再寄信，倘在南京停留，自然当从那里再发一封。

（六月一日黎明前三点）

两地书（三）

> 我也对于自己的坏脾气，常常痛心；但有时也觉得惟其如此，所以我配获得我的小莲莲兼小刺猬。

哥姑：

写了以上的几行信以后，又写了几封给人的回信，天也亮起来了，还有一篇讲演稿要改，此刻大约不能睡了，再来写几句。

我自从到此以后，综计各种感受，似乎我与新文学和旧学问各方面，凡我所着手的，便给男人一种威吓——有些旧朋友自然除外——所以所得到的非攻击排斥便是"敬而远之"。这种情形，使我更加大胆阔步，然而也使我不复专于一业，一事无成。而且又使小刺猬常常担心，"眼泪往肚子里流"。所以我也对于自己的坏脾气，常常痛心；但有时也觉得惟其如此，所以我配获得我的小莲蓬兼小刺猬。此后仍当四面八方地闹呢,还是暂且静静,作一部冷静的专门的书呢,倒是一个问题。好在我们就要见面了,那时再谈。

我的有莲子的小莲蓬,你不要以为我在这里时时如此彻夜呆想,我是并不如此的。这回不过因为睡够了,又有些高兴,所以随便谈谈。吃了午饭以后,大约还要睡觉。加以行期在即,自然也忙些。小米(小刺猬吃的),棒子面(同上),果脯等,昨天都已买齐了。

鲁迅致许广平《两地书》(三)手迹

这封信的下端,是因为加添这一张,我自己拆过的。

六月一日晨五时

我必须改变我的农奴生活

> 我一生的失计,即在向来不为自己生活打算,一切听人安排。

广平兄:

二十六日寄出一信,想当已到。次日即得二十三日来信,包裹的通知书,也一并送到了,即向邮政代办处取得收据,星期六下午已来不及。星期日不办事,下星期一(廿九日)可以取来,这里的邮政,就是如此费事。星期六这一天,我同玉堂往集美学校讲演,以小汽船来往,还耗去了一整天;夜间会客,又耗去了许多工夫,客去正想写信,间壁的礼堂里走了电,校役吵嚷,校警吹哨,闹得"石破天惊",究竟还是物理学教授有本领,走进去关住了总电门,才得无事,只烧焦了几块木头。我虽住在并排的楼上,但因为墙是石造的,知道不会延烧,所以并不搬动,也没有损失,不过因了电灯俱熄,洋烛的光摇摇而昏暗,于是也不能写信了。

我一生的失计,即在向来不为自己生活打算,一切听人安排,因为那时豫料是活不久的。后来豫料并不确中,仍能生活下去,遂至弊病百出,十分无聊。再后来,思想改变了,但还是多所顾忌,这些顾忌,大部分自然是为生活,几分也为地位,所谓地位者,就是指我历来的一点小小工作而言,怕因我的行为的剧变而失去力量。这些瞻前顾后,其实也是很可笑的,这样下去,更将不能动弹。第三法最为直截了当,而细心一点,也可以比较的安全,所以一时也决不定。总之,我先前的办法已是不要,在厦大就行不通,我也决计不再敷行了,第一步我定于年底离开这里,就中大教授职。但我极希望 H.M. 也在同地,至少可以时常谈谈,鼓励我再做些有益于人的工作。

昨天我向玉堂提出以本学期为止,即须他去的正式要求,并劝他同走。对于我走这一层,略有商量的话,终于他无话可说了。他自己呢,我看未必走,再碰几个钉子,则明年夏天可以离开。

此地无甚可为。近来组织了一种期刊,而作者不过寥寥数人,或则受创造社影响,过于颓唐,或则像狂飙社嘴脸，大言无实；又在日报上添了一种文艺周刊，恐怕也不见得有什么好结果。大学生都很沉静，本地人文章，则"之乎者也"居多，他们一面请马寅初写字，一面要我做序，真是一视同仁，不加分别。有几个学生因为我和兼士在此而来的，我们一走，大约也要转学到中大去。

离开此地之后，我必须改变我的农奴生活；为社会方面，则我想除教书外，仍然继续作文艺运动，或其他更好的工作，俟那时再定。我觉得现在H.M.比我有决断

鲁迅致许广平书信手迹

得多,我自到此地以后,仿佛全感空虚,不再有什么意见,而且有时确也有莫明其妙的悲哀,曾经作了一篇我的杂文集的跋,就写着那时的心情,十二月末的《语丝》上可以发表,你一看就知道。自己也明知道这是应该改变的,但现在无法,明年从新来过罢。逢吉既知道通信地方,何以又须详询住址,举动颇为离奇。我想,他是在研究H.M.是否真在广州办事,也说不定。因他们一群中流言甚多,或者会有H.M.亦在厦门之说也。

女师校长给三主任的信,我在报上早见过了。现在未知如何?无米之炊,是人力所做不到的。能别有较好之地,自以从速走开为宜。但在这个时候,不知道可有这样凑巧的处所?

迅。十一月廿八日午十二时

咱们还是漂流几时的好

> 惟看来信,知道你在上海都好,也就暂自宽慰了。但愿能够这样的继续下去,不再疏懈才好。

D.H.M：

二十日午后发了一封信,晚上便收到十七日来信,今天上午又收到十八日来信,每信五天,好像交通十分准确似的。但我赴沪时想坐船,据凤举说,日本船并不坏,二等六十元,不过比火车为慢而已。至于风浪,则夏期一向很平静。但究竟如何,还须俟十天以后看情形决定。不过我是总想于六月四五日动身的,所以此信到时,倘是廿八九,那就不必写信来了。

我到北平,已一星期,其间无非是吃饭,睡觉,访人,陪客,此外什么也不做。文章是没有一句。昨天访了几个教育部旧同事,都穷透了,没有事做,又不能回家。

今天和张凤举谈了两点钟天,傍晚往燕京大学讲演了一点钟, 照例说些成仿吾徐志摩之类,听的人颇不少不过也不是都为了来听讲演的。 这天有一个人对我说:燕大是有钱而请不到好教员,你可以来此教书了。我即答以我奔波了几年,已经心粗气浮,不能教书了。D.H.我想,这些好地方,还是请他们绅士们去占有罢,咱们还是漂流几时的好。沈士远也在那里做教授,听说全家住在那里面,但我没有工夫去看他。今天寄到一本《红玫瑰》,陈西滢和凌叔华的照片都登上了。胡适之的诗载于《礼拜六》,他们的像见于《红玫瑰》,时光老人的力量,真能逐渐的显出"物以类聚"的真实。云南腿已将吃完,很好,肉多,油也足,可惜这里的做法千篇一律,总是蒸。带回来的鱼肝油也已吃完,新买了一瓶,价钱是二元二角。云章未到西三条来,所以不知道她住在何处,小鹿也没有来过。

北平久不下雨,比之南方的梅雨天,真有"霄壤之别"。所有带来的夹衣,都已无用,何况绒衫。我从明天起,想去医牙齿,大约有一星期,总可以补好了。至于时局,若以询人,则因其人之派别,而所答不同,所以我也不加深究。总之,到下月初,京津车总该是可走的。那么,就可以了。这里的空气真是沉静,和上海的烦扰险恶,大不相同,所以我是平安的。然而也静不下,惟看来信,知道你在上海都好，也就暂自宽慰了。但愿能够这样的继续下去，不再疏懈才好。

L. 五月廿二夜一时。

你不要求之过深

> *此刻不知你睡着还是醒着。我在这里只能遥愿你天然的安眠，并且人为的保重。*

D.H.M：

今天——二十七日——下午，果然收到你廿一日所发信。我十五日信所用的笺纸，确也选了一下，觉得这两张很有思想的，尤其是第二张。但后来各笺，却大抵随手取用，并非幅含有义理，你不要求之过深，百思而不得其解，以致无端受苦为要。阿菩如此吃苦，实为可怜，但既是出牙，则也无法可想，现在必已全好了罢。我今天已将牙齿补好，只花了五元，据云将就一二年，即须全盘做过了。但现在试用，尚觉合式。晚间是徐旭生张凤举等在中央公园邀我吃饭，也算饯行，因为他们已都相信我确无留在北平之意。同席约十人。总算为士衡寻得了一个饭碗。

　　旭生说,今天女师大因两派对于教员之排斥和挽留,发生冲突,有甲者,以钱袋击乙之头,致乙昏厥过去,抬入医院。小姐们之挥拳,在北平似以此为嚆矢云。

　　明天拟往东城探听船期,晚则幼渔邀我夜饭;后天往北大讲演;大后天拟赴西山看韦漱园。这三天中较忙,也许未必能写什么信了。计我回北平以来,已两星期,除应酬之外,读书作文,一点也不做,且也做不出来。那间灰棚,一切如旧,而略增其萧瑟,深夜独坐,时觉过于森森然。幸而来此已两星期,距回沪之期渐近了。新租的屋,已说明为堆什物及住客之用,客厅之书不动,也不住人。

　　此刻不知你睡着还是醒着。我在这里只能遥愿你天然的安眠,并且人为的保重。

　　　　　　　　　　　L. 五月廿七夜十二时。

林觉民致陈意映

1905年，十八岁的林觉民听从父亲的安排迎娶出身名门的大家闺秀——陈意映。意映自由广博诗书，好吟咏，尝著《红楼梦》人物诗一卷。觉民后来在日本留学时，在一篇回忆两人缱绻感情生活的文章《原爱》里，深情地写道："吾妻性癖好尚，与君绝同，天真浪漫真女子也。"

　　夫妻俩感情融洽，觉民挑灯夜读，意映便在一旁陪候，不时交流。稀疏的梅枝漏出月亮的影子，清冷的月光洒下大地，觉民与意映并肩伫立窗前，双手牵得紧紧，低头共耳语。

　　一天晚上，觉民望着眼前心爱的妻子，把心中所想说了出来："如果可能，我希望你比我先死。"面对丈夫突如其

1. 林觉民与陈意映
2. 林觉民《与妻书》手迹

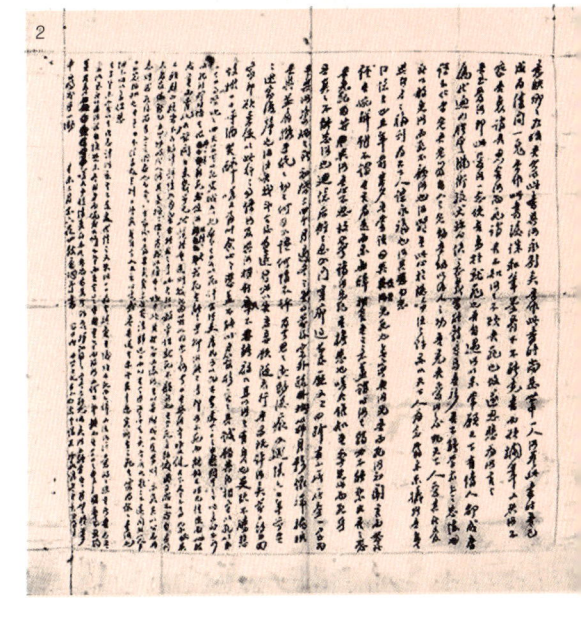

来的这句话，意映显得不解又有些生气。觉民连忙解释说："如果我先死，以你瘦弱的身子肯定承受不住这份悲痛，我不舍得把痛苦留给你独自承担。所以我希望你先我而去，让我来承担失去即可。"意映看着觉民的面孔，心中百感交集，不知该做何回答，她从没想过会与丈夫分开。

虽然身处温柔乡，但林觉民始终没有忘记自己的志向。新婚不久后，他又投入到革命事业中。

1910年11月，孙中山、黄兴、赵声等革命党人决定

林觉民致陈意映

再次在广州发动武装起义,林觉民准备回福州响应。1911年4月,觉民不舍地告别了爱妻与腹中的孩子。

4月27日,残阳如血。林觉民参加广州起义不幸被捕,壮烈牺牲,年仅二十四岁。这一生,他不负天下人,却负了最爱的妻子一人。

林觉民在广州起义的前三天于一张手帕上写下了这封留给妻子的绝笔书。古人云:"英雄气短,儿女情长。"然而读过此信,你便会由衷地理解了那首"生命诚可贵,爱情价更高。若为自由故,二者皆可抛"并非诗人的豪言壮语,而是"捐躯赴国难,视死忽如归"的革命精神的真挚流露。

意映读完觉民的书信,悲痛欲绝,萌生自杀念头,欲追随丈夫而去。但觉民父母双双跪倒在她面前,望她念在腹中的觉民骨肉以及家中的幼子,坚强地活下去。意映泣不成声,含泪答应。觉民死去不足一个月,悲伤过度的意映早产生下遗腹子。此后一直未走出失去丈夫的痛苦,在觉民去世不久,她因思念过度,郁郁而终,年仅二十二岁。

吾灵尚依依旁汝也

> 吾至爱汝，即此爱汝一念，使吾勇就死也。吾自遇汝以来，常愿天下有情人终成眷属。

意映卿卿如晤：

吾今以此书与汝永别矣！吾作此书时，尚是世中一人；汝看此书时，吾已成为阴间一鬼。吾作此书，泪珠和笔墨齐下，不能竟书而欲搁笔，又恐汝不察吾衷，谓吾忍舍汝而死，谓吾不知汝之不欲吾死也，故遂忍悲为汝言之。

吾至爱汝，即此爱汝一念，使吾勇于就死也。吾自遇汝以来，常愿天下有情人都成眷属；然遍地腥云，满街狼犬，称心快意，几家能彀？司马青衫，吾不能学太上之忘情也。语云：仁者"老吾老，以及人之老；幼吾幼，以及人之幼"。吾充吾爱汝之心，助天下人爱其所爱，所以敢先汝而死,不顾汝也。汝体吾此心,于啼泣之余,亦以天下人为念,当亦乐牺牲吾身与汝身之福利,为天下人谋永福也。汝其勿悲!

汝忆否?四五年前某夕,吾尝语曰:"与使吾先死也,无宁汝先我而死。"汝初闻言而怒,后经吾婉解,虽不谓吾言为是,而亦无词相答。吾之意盖谓以汝之弱,必不能禁失吾之悲,吾先死,留苦与汝,吾心不忍,故宁请汝先死,吾担悲也。嗟夫!谁知吾卒先汝而死乎?

吾真真不能忘汝也!回忆后街之屋,入门穿廊,过前后厅,又三四折,有小厅,厅旁一室,为吾与汝双栖之所。初婚三四个月,适冬之望日前后,窗外疏梅筛月影,依稀掩映;吾与并肩携手,低低切切,何事不语?何情不诉?及今思之,空余泪痕。又回忆六七年前,吾之逃家复归也,汝泣告我:"望今后有远行,必以告妾,妾愿随君行。"吾亦既许汝矣。前十余日回家,即欲乘便以此行之事语汝,及与汝相对,又不能启口,且以汝之有身也,更恐不胜悲,故惟日日呼酒买醉。嗟夫!当时余心之悲,盖不能以寸管形容之。

吾诚愿与汝相守以死,第以今日事势观之,天灾可以死,盗贼可以死,瓜分之日可以死,奸官污吏虐民可以死,吾辈处今日之中国,国中无地无时不可以死。到那时使吾眼睁睁看汝死，或使汝眼睁睁看吾死，吾能之乎？抑汝能之乎？即可不死，而离散不相见，徒使两地眼成穿而骨化石，试问古来几曾见破镜能重圆？则较死为苦也，将奈之何？今日吾与汝幸双健。天下人不当死而死与不愿离而离者，不可数计，钟情如我辈者，能忍之乎？此吾所以敢率性就死不顾汝也。吾今死无余憾，国事成不成自有同志者在。依新已五岁，转眼成人，汝其善抚之，使之肖我。汝腹中之物，吾疑其女也，女必像汝，吾心甚慰。或又是男，则亦教其以父志为志，则吾死后尚有二意洞在也。幸甚，幸甚！吾家后日当甚贫，贫无所苦，清静过日而已。

吾今与汝无言矣。吾居九泉之下遥闻汝哭声，当哭相和也。吾平日不信有鬼，今则又望其真有。今是人又言心电感应有道，吾亦望其言是实，则吾之死，吾灵尚依依旁汝也，汝不必以无侣悲。

吾平生未尝以吾所志语汝，是吾不是处；然语之，又恐汝日日为吾担忧。吾牺牲百死而不辞，而使汝担忧，的的非吾所忍。吾爱汝至，所以为汝谋者惟恐未尽。汝幸而偶我，又何不幸而生今日中国！吾幸而得汝，又何不幸而生今日之中国！卒不忍独善其身。嗟夫！巾短情长，所未尽者，尚有万千，汝可以模拟得之。吾今不能见汝矣！汝不能舍吾，其时时于梦中得我乎？一恸。辛未三月廿六夜四鼓,意洞手书。

家中诸母皆通文,有不解处,望请其指教,当尽吾意为幸。

白话译文

意映爱妻,见信如晤:

我现在以这封信与你诀别了!我写这封信时,还是世间的人;而当你看这封信时,我已然成为阴间的鬼了。我写这封信时,泪珠和着笔墨一齐淌下,不忍写完就想搁笔,又怕你不能体察我的衷情,以为我忍心弃你而赴死,以为我不明白你是多么希望我活下去,因此强忍悲痛继续与你说下去。

我非常爱你,也就是爱你的这一意念,使我有勇气视死如归。我自从与你相遇相知以来,常希望世上的有情人都能结为夫妇;然而遍地血腥阴云,满街凶狼恶犬,有几家能称心如意呢?就如同当年唐朝江州司马白居易同情琵琶女的遭遇而泪湿青衫,我不能像那些"忘情"的"圣人"一样,对于国事无动于衷。古语说，仁爱的人"尊敬自己的老人，从而推及尊敬别人的老人，爱护自己的儿女，从而推及爱护别人的儿女"。我也是这样，爱你之情充盈我心，就要帮助天下人爱他们所爱的人，所以我才敢死在你前面而不顾你呀。你能体谅我这种心情，在哭泣之后，也把天下的人作为自己思念的人，应该也乐意牺牲我与你一生的福利，替天下人谋求永久的幸福了。你不要悲伤！

你还记得吗？四五年前的一个晚上，我曾经对你说："与其我先死，不如让你先死。"你刚听这话就很生气，后来经过我委婉的解释，你虽然不承认我的话是对的，但也无言以对。我的意思是凭你瘦弱的身体，一定无法承受失去我的悲痛，若我先死，把痛苦留给你，我于心不忍，所以宁愿希望你先死，让我来承担悲痛。唉！谁知道我终究比你先死呢？我实在是不能忘记你啊！回忆后街我们的家，进入大门，穿过走廊，经过前厅和后厅，又转三四个弯，有一个小厅，小厅旁有一间房，那是我们共同居住的地方。新婚三四个月时，正赶上冬月十五日前后，窗外稀疏的梅枝筛下月影遮掩映衬；我和你并肩携手，低声私语，什么事不说？什么感情不倾诉呢？到现在回想起当时的情景，只剩下泪痕。又回忆起六七年前，我背着家里人出走又回家时，你小声哭着告诉我："希望今后要远走，一定把这事告诉我，我愿随着你远行。"我也已经答应你了。十几天前回家，就想顺便把这次远行的事告诉你，等到跟你面对时，又开不了口，况且你怀孕了，更怕你不能承受悲伤，所以只天天喝酒买醉。唉！当时我内心的悲痛，是无法用笔墨来形容的。

  我确实希望跟你白头偕老，但以今天的形势看来，天灾能够造成死亡，盗贼能够造成死亡，国家被列强瓜分那天起能够造成死亡，贪官污吏虐待平民百姓能够造成死亡，我们这代人身处今天的中国，国内每个地方，每时每刻，都可能造成死亡，到那个时候使我眼睁睁看你死，或者让你眼睁睁看我死，我能这样做么？还是你能这样做么？即使能够不死，而我们夫妻离散不能相会，白白地使两人望眼欲穿，化骨为石，试问，自古以来有几对夫妻离散而又重新团聚？生离是比死别更为痛苦的，该怎么办呢？今天我跟你有幸健在。全国人民中不当死而死、不愿分离而被迫分离的，不计其数。像我们这样感情浓挚的人，能忍看这种惨状吗？这就是我断然干脆地为革命而死、舍你不顾的原因。我现在为革命而死毫无遗恨，国家大事成与不成自有同志们在。依新现已五岁，转眼就要成人，你可要好好抚育他，使他像我一样也以天下国家为念。你腹中怀着的孩子，我猜是个女孩，女孩一定像你，（如果那样）我的内心感到非常宽慰。或许又是个男孩，那么也要教育他，以父亲的志向为志向，那么，我死了以后还有两个林觉民呢。幸运极了，幸运极了！我家以后的生活肯定非常贫困；贫困不要紧，清静些过日子罢了。

我现在与你再没有什么话说了。我在九泉之下远远地听到你的哭声,也会用哭声与你相应和的。我平时不信有鬼,现在却盼望着真能有鬼了。现在又有人说世上存在着心电感应的规律,我也希望这话是真的。那么我死了,我的灵魂还能依依不舍地伴着你,你不必因为失去伴侣而悲伤了。

　　我平素不曾把我的志向告诉你,这是我的不对的地方;可是告诉你,又怕你天天为我担忧。我为国牺牲,万死不辞,可是让你担忧,的确不是我能忍受的。我爱你到了极点,所以替你打算的事情只怕不周全。你有幸嫁给了我,可又如此不幸生在今天的中国!我有幸娶你为妻,可又如此不幸生在今天的中国!我终究不忍心只顾全自己。唉!方巾短小情义深长,没有写完的心里话,还有成千上万,你可以凭此书领会没写完的话。我现在不能见到你了,你又不能忘掉我,大概你会在梦中见到我吧。写到此处,内心悲痛无比。辛未年三月二十六日深夜四更,意洞亲笔。

　　家中各位伯母、叔母都通晓文字,有不理解的地方,希望请她们指教。一定要完全理解我的心意为好。

在天愿为比翼鸟,在地愿为并蒂莲,夫妻恩爱永,世世缔良缘。

陈觉致赵云霄

1925年，陈觉与赵云霄同受组织派遣前往苏联，进入莫斯科中山大学学习。其间，两人相知相识相恋，最终结为伉俪，相约为革命奉献一生。1928年，陈觉因叛徒告密被捕，与妻子赵云霄一同被关押。同年，陈觉英勇就义。彼时，赵云霄已怀有身孕。翌年二月，她在狱中生下一女，取名为"启明"，寓意着在黑暗中盼望破晓。

　　3月24日晚上，她伏在床板上，给女儿写下一封遗书：

　　"小宝宝！我很明白的告诉你，你的父母是共产党员……小宝宝！我不能抚育你长大，希望你长大时好好读书,且要知道你的父母是怎样死的……"

3月26日,诀别的时刻到了,赵云霄含泪给启明喂完最后一次奶,强忍悲痛,将她留给同囚室的难友,便被刽子手带走了……

陈觉父亲把小启明从监狱抱回,但遗憾的是,体弱多病的她未能长大成人,不幸夭折。

陈觉留下的这封给妻子的绝笔书,与在他十七年前牺牲的林觉民所写致陈意映的绝笔书有异曲同工之处。二者虽行文一白话一文言,但其内在精神是一致的,就连主人公当时的处境也颇为相似。林觉民之文早于陈觉十七年,尚不知陈觉是否读过,为何二者如此相似?实堪读者回味、深思。

陈觉与赵云霄

这是我给你的最后的信了

> 云！谁无父母，谁无儿女，谁无情人！我们正是为了救助全中国人民的父母和妻儿，所以牺牲了自己的一切。

云霄我的爱妻：

　　这是我给你的最后的信了，我即日便要处死了，你已有身，不可因我死而过于悲伤。他日无论生男或生女，我的父母会来扶养他的。我的作品以及我的衣物，你可以选择一些给他留作纪念。

　　你也迟早不免于死，我已请求父亲把我俩合葬。以前我们都不相信有鬼，现在则惟愿有鬼。"在天愿为比翼鸟，在地愿为并蒂莲，夫妻恩爱永，世世缔良缘。"回忆我俩在苏联求学时，互相切磋，互相勉励，课余时闲谈琐事，共话桑麻，假期中或滑冰或避暑，或旅行或游历，形影相随。及去年返国后，你路过家门而不入，与我一路南下，共同工作。你在事业上学业上所给我的

陈觉致赵云霄书信手迹

帮助,是比任何教师任何同志都要大的,尤其是前年我病本已病入膏肓,自度必为异国之鬼,而幸得你的殷勤看护,日夜不离,始得转危为安。那时若死,可说是轻于鸿毛,如今之死,则重于泰山了。

　　前日父亲来看我时还在设法营救我们,其诚是可感的,但我们宁愿玉碎却不愿瓦全。父母为我费了多少苦心才使我们成人,尤其我那慈爱的母亲,我当年是瞒了她出国的。我的妹妹时常写信告诉我,母亲天天为了惦念她的远在异国的爱儿而流泪，我现在也懊悔此次在家乡工作时竟不去见他（她）老人家一面，到如今已是死生永别了。前日父亲来时我还活着，而他日来时只能看到他的爱儿的尸体了。我想起了我死后父母的悲伤，我也不觉流泪了。云！谁无父母，谁无儿女，谁无情人！我们正是为了救助全中国人民的父母和妻儿，所以牺牲了自己的一切。我们虽然是死了，但我们的遗志自有未死的同志来完成。大丈夫不成功便成仁，死又何憾！

此祝

健康。并问

王同志好。

觉手书

一九二八年十月十日

田汉致白英

田汉与白英在桂林

　　田汉是现代著名作家和戏剧家。1929 年，大革命失败以来的形势使田汉决定从思想上、政治上、文艺作风上转向左翼文艺战线。田汉在上海影响力颇大，因此成了各方势力争取的对象。恰在此时，一位来自莫斯科的"红色女郎"出现在他的生活中，她便是白英。那年，白英二十四岁，身份是上海中共特科成员。在田汉看来，白英不仅仅具有政治魅力，还有诗人的才情：浪漫、热烈且具叛逆精神，使田汉非常欣赏。

　　白英出生在书香之家，1925 年加入中国共产党，1926 年受李大钊派遣，到大连从事工人运动。不久，又被派到莫斯科学习。在那里，她第一次接触到了情报工作，也由此开始了特工生涯。她做特工时有许多化名，"安娥"就是其中之一，后来成了她的正式名字。在安娥的影响下，田汉开始更多地关注现实社会问题，并申请入党。正是这一思想的转变，使田汉成为"时代之子"，并创作出日后的国歌《义勇军进行曲》。频繁的接触与交流，急剧增进了两人的感情。1930年秋，在南国社被查封、田汉被迫隐居的情况下，安娥选择了与田汉同居。战乱、纷争、婚变……安娥与田汉在历经二十年风风雨雨后，1948年终于厮守在一起。他们在创作上的相互帮助，成就了中国现当代文坛的一段佳话。

田汉写给安娥的这封情书，全文没有言及一个"情"字，反而像一篇文艺作品一样，充满了戏剧感和场景感。读之使人不禁心生疑惑，这究竟是在读剧本，还是在读一封信？有人说，爱情并不是相互凝望，而是共同注视着远方。那么这封信正好比是一个人牵着另一个人的手，指着远方，同赏风景。全文笔调轻盈，流转如同跳踢踏舞一般华丽炫目，欲诉衷肠却左右言他，将情真意切化为戏剧般的魅影之中。

人生歧途入口的忠告

> 正因为危险，所以是好女人。

白英女士：

我应该写"白蛾女士"罢，据说这是你替自己取的名字，W君和Z君在广州组织光明社，你飞蛾似的慕着他们的光明，所以才用这个名字，但是有一句俗话说得太不好了："飞蛾扑灯，自取烧身之祸。"你慕光明固好，但自取烧身之祸，却不必的。所以我想替你找别的同声字。我曾写过一个戏，名叫《咖啡店之一夜》，这戏的女主人公我偶然使她叫"白秋英"，我不好全然用剧中人物的名称，只减损中间一字，就写做白英了。我并没有向你把这理由说明，但你昨夜来书写作白英，那么你自己也承认了，是不是？

你昨晚的信，是说要等着我严厉的回答的，但我这回答的开首，似乎就一点也不严厉，我怎么好对着一个含着眼泪，伸着手，向着我走来的女孩子说很严厉的话呢？我是不能的。

但，白英女士，你既然又将走入人生的歧途，或许重要坠入你所谓"恶魔的手里"的时候，让我给你一些忠告罢！

你的来信最使我不敢苟同的，是：

——知道我这样戏弄人是不对的，这也是我一时的错误。

"戏弄人？"我最怕听一个女孩子讲出"戏弄"两个字！"戏弄"者，是不长进的女孩子们滥用她们那小而又小的才智，廉卖她们那丑而又丑的爱娇，赚人家来了，而她又走开的意思；但当她自以为得计的时候，她不知她的灵魂早已着了万劫不拭的污点，她的生命早已失去千修难得的光辉："戏弄人者人恒戏弄之"，这是一定不易的真理；这才真是"飞蛾扑灯，自取烧身之祸"哩！所以哲人戒人"玩火"。

"这是我一时的错误"，姑娘，这真是你一时的错误吗？你假如承认戏弄人是不对，是错误，那么你的错误该不是一时的了？你似乎一直戏弄着人，也一直被人戏弄着，这真是你的悲剧！你说你现在完全明白了吗？恐怕未必吧？一个聪敏的女子不容易明白她们说着什么，做着什么，她容易犯罪，容易忏悔，容易又回到"魔鬼的手里"，这是我看得大多的事！

据说你常常自比"茶花女"，我来和你谈一谈茶花女罢：我不愿意听你们三位那异口同声的感伤的文学，我只望你慢慢地知道茶花女究竟是怎么一种人物，她在说着什么？做着什么？

（马格里脱）人家给我的别名是什么？
（法维尔）茶花女。
（马格里脱）为什么？
（法维尔）因为你只戴这一种花。
（马格里脱）那就是说，我所爱的只有这一种花，把别种花送给我是无用的；我碰了别种花的香气就病。

这就是小仲马所创造的女性的特征了。她只爱这一种花，碰了别种花的香气就病，这里可以看见她的人格的统一。

姑娘！你不是也有你所爱的花吗？听说你爱的是蔷薇花，你曾取这个花名做你的名字，啊！白蔷薇！这是多么美丽，多么清纯的象征啊！你真是学茶花女的，便应该始终配着这朵花，做你人格的象征，指示你一生的运命；你不应该那么轻易地把那朵花揉碎了，扔掉了！

现在许我述一述我对你的印象罢：我和 H 先生到广州的那晚，T 先生便高兴的对我们说：

——这儿有一位交际之花很仰慕你们，今天安排到码头去接你们呢！

那天晚上我们这两个旅行者就加入那大佛寺灯红酒绿鬓影衣香的玻璃厅，听 Foxtrot 的音乐了；我们刚一坐定，台上的音乐已完，电光一换，T 先生引着一个把漆黑的短发蓬蓬的梳在后面，褐缎短衫，青色舞裙的女郎，含着微笑，轻盈地走向我们的桌边来了：

——这就是今天安排接你们的那女士，密司白。

这女郎自然就是你了！实在你给我的第一印象虽不根深，却不能算坏。

"田先生，你接到了我的信，大概你会觉得奇怪，为什么我会写信给你呢？你知道我是谁么……我姓白，名蛾。我来上海的宗旨，是想找一个仁慈的妈妈，田先生，我希望你能够很爽快的答复我，说：'好，我就做你的妈妈吧！'那么，我真不知多么畅快！上船的时间快到了，你想一个孩子希望她妈妈的心多么急切,可是夏天的日子又是多么难挨,啊,也许会是你女儿的白蛾上。"初得这封信时,我确是免不了许多诧异,不知道我哪来这一个女儿!及阅Z君的信,才知道你到上海来的原故。我不曾把你当作一新来的旅客,我只觉得你好象一个迷了路的小白鸽儿回到了她的母巢。那一天你随即同W君们到我的家见我的母亲,看我的排戏,看排我新做的"南归",你听到那飘泊者接了手杖,戴上帽,提好行囊,背好Guitar,用小刀刮去一年前在树皮上雕下的情诗,拾起一年前留下的破鞋,哀吟:

……我,我要向遥遥无际的旅途流浪!
鞋啊,何时我们同倒在路旁,
同被人家深深的埋葬?……

的时候,你们不都哭了吗?你回旅馆去的时候,不马上连饭也不吃写你的感想,说南国是穷的,是"悲哀"的吗?不错,姑娘,南国是穷的,是悲哀的,但我们不能不严格地订正你的错误;他是穷而不断地干的,悲哀而热烈地奋斗的,他们将眼泪深深的葬了,他们将毫不瞻顾,踌躇地去建设国民的叙事诗年代……

后来你们搬到××坊了。Z君来告诉我,你这新生的玫瑰是何等的有勇气，能耐劳苦，你每晨乱头粗服地提着篮亲自走到新新里来买菜，其实这算得了什么，我们无产阶级里的女人们每天都这么做的，女人要有了阶级的自觉，才能保持她的尊严，革命前往在Munich的俄国亡命的女同志们有一句口号，极值得中国的女孩子们警醒，就是："没有一件衣服是不合新俄国女子穿的"，她们的衣服真是褴褛驳杂啊！但并不有损一个有革命勇气的新女人的美，只有穷的女孩子而拼命要学阔小姐们的样子的那才是丑，不但是丑，而且她们非因此而坠入你所谓"恶魔的手里"不可，这是必然的。

你刚到我家的时候，认识你的K小姐私自告诉我：这孩子是危险的女人！我知道，正因为危险，所以是好女人。

实在南国的女性谁不带几分危险性？我们怕的倒不是危险，而是下流；

危险不失为罪恶的花，下流便是罪恶的渣滓。我知道你决不如此，而且女人的危险性十有九都是和自己过不去的……

姑娘，我听说你跳舞之外，又会驰马，操车，游泳，很使我艳羡；但一听到身体几年间给你自己摧残得很厉害，又何等使我黯然啊！听说你咯血之后，随又抽烟；卧病之后，随又游泳；这简直是自杀！简直是不想活了！

茶花女是做了她境遇的牺牲，她的自我摧残是含有一种深愁绝痛。十数年来，受着命运颠簸的你！也自有你的深愁绝痛在罢？但以我所知，大部分的责任，似乎要让你的性格去负担；你怀着空漠的大望投到社会里来，想要求到你的光荣，你的快乐，但你的性格在那里作祟。使你得了些虚浮的、徒然摧残自己、毁灭自己的快乐；却一点没有得到建设你自己的光荣！而那些所谓快乐在你现在的回忆中，又是多么的一种难堪的痛苦啊！

我不忍再拿这些话来使你痛苦了，听说昨天你甚至吃了过度的麻醉药，好容易才救转来，自然这也是激于一时的情感；不过生命是多么难得的啊！你别再戏弄它罢。

南国是穷的，但他的同情极丰富；南国是悲哀的，但他们的态度极勇敢，工作极愉快，队伍极严肃；他不戏弄人，也不许谁被戏弄。

心肠过热，遂不觉其言之长，你该要看累了罢？我也耽搁了许多有用的工夫，我只希望沙乐美公演后我们有机会来演一次"茶花女"，或者即请你来做剧中的女主人公，那样一来，你该知道茶花女是怎么一个有生活内容的女人，而绝不是胡闹的了。溽暑中人，诸希善自珍爱！

田汉

高君宇致石评梅

&

石评梅致高君宇

近现代著名女作家石评梅是"民国四大才女"之一。高君宇曾经是石评梅父亲的学生,二人还是山西同乡。1921年的一次同乡会上,他们相遇了。高君宇谈吐不凡,石评梅曾多次听父亲夸奖这个学生;而对高君宇而言,石评梅当时已是北京诗坛上颇有声名的年轻女诗人了。二人一见如故,从此书信往来频繁,友情日深,渐渐发展为真挚的爱情。

1923年秋天,石评梅接到了正在西山养病的高君宇的一封信。刚刚拆开,一片玲珑别致的香山红叶悄然飘落。只见上面题着两行诗:"满山秋色关不住,一片红叶寄相思。"但是,当时石评梅先前曾因爱情破灭所造成的心灵创伤尚未

1. 高君宇

2. 石评梅

3. 1925年，石评梅在高君宇墓畔

平复；又因高君宇在老家尚有包办成婚的妻子，石评梅宁愿牺牲自己，而不忍"侵犯别人的利益"。故而，她将那求爱的红叶退回，在红叶的背面题写道："枯萎的花篮不敢承受这鲜红的叶儿"，将自己的感情深深掩埋。两人之间，一直保持着纯洁的友谊。

虽然遭到石评梅的拒绝，高君宇依然痴心不改。1924年，他在参加革命工作的间隙里回到家乡，与妻子离婚，获得了自由之身。但石评梅早在上一段感情中立下过誓言："我绝不再恋爱，绝不结婚，今生今世保独身主义，我可以和任何青年来往，但绝不再爱，如果谁想爱，我只能在我的独身主义的利剑面前陷在永远痛苦的深渊里。"尽管高君宇陪伴她走过了内心最痛苦挣扎的日子，她仍难以完全释怀去接受他。

由于长期南北奔波，出生入死，高君宇积劳成疾，

1925年3月，因急性盲肠炎发作而病逝于北京协和医院，终年不满三十岁。高君宇的死，使石评梅痛悔交加，深刻反省：她责问自己，君宇那"柔情似水，为什么不能温暖了我心如铁"；她觉悟了"从前太认真人生的错误"，同时忏悔自己"受了社会万恶的蒙蔽"。她按照高君宇生前的愿望，将其骸骨安葬于她同君宇生前经常漫步谈心的陶然亭，并在墓碑上刻下他生前在照片上的自题诗：

> 我是宝剑，我是火花。我愿生如闪电之耀亮，我愿死如彗星之迅忽。

每到周末，她风雨无阻前来吊唁，用泪水浇灌他坟前的花草。

4. 高君宇墓碑题字，石评梅手写碑文
5. 高君宇与石评梅雕像（位于北京陶然亭公园）

为了你死，为了你生

> 你的所愿，我将赴汤蹈火以求之；你的所不愿，我将赴汤蹈火以阻之。

高君宇 致 **石评梅**

致石评梅：

你中秋前一日的信，我于上船前一日接到。此信你说可以做我唯一知心的朋友，而此前的一封信又说我们可以做以事业度过这一生的同志。你只会答复人家不需要的答复，你只会与人家订不需要的约束。你明白告诉我之后，我并不感到这消息的突兀，我只觉得心中万分凄怆！我一边难过的是：世上只有吮血的人们是反对我们的，何以我唯一敬爱的人也不能同情于我们？我一边又替我自己难过：我已将一个心整个交给伊，何以事业上又不能使伊顺意？我是有两个世界的：一个世界一切都是属于你的，我是连灵魂都永禁的俘虏；而在另一个世界里，我是不属于你，更不属于我自己的，我只是历史使命的走卒。假使我要为自己打算,我可以去做禄蠹了,你不是也不希望我这样做吗?你不满意于我的事业,但却万分恳切的劝勉我努力于此种事业,让我再不忆起你让步于吮血世界的结论,只悠悠的钦佩你牺牲自己而鼓舞别人的义侠精神!

我何尝不知道,我是南北飘零,生活在风波之中,我何忍使你同此不安之状态。所以我决定:你的所愿,我将赴汤蹈火以求之;你的所不愿,我将赴汤蹈火以阻之。若不能这样,我怎能说是爱你!

从此,我决心为我的事业奋斗,就这样飘零孤独度此一生,人生数十寒暑,死期忽忽即至,悉必坚持情感以为是。你不要以为对不起我,更不要为我伤心。这些你都不要奇怪,我们是希望海上没有浪的,它应平静如镜,可是我们又怎能使海上无浪?从此我已是傀儡生命了,为了你死,亦可以为了你生,你不能为了这样可傲慢一切的情形而愉快吗?我希望你从此愉快,但凡你能愉快,这世上是没有什么可使我悲哀了!

写到这里,我望望海水,海水是那样平静。好吧,我们互相遵守这些,去建筑一个富丽辉煌的生命,不管他生也好,死也好。

1924 年 9 月 22 日

缄情寄向黄泉
——写于高君宇逝世周年日（1926年）

> 深刻的情感是受过长久的理智的熏陶的。是由深谷底流中一滴一滴渗透出来的。我是投身于悲圜中而体验人生的。

石评梅 致 高君宇

　　我如今是更冷静，更沉默的挟着过去的遗什去走向未来的。我四周有狂风，然而我是掀不起波澜的深潭，我前边有巨涛，然而我是激不出声响的顽石。

　　颠沛搏斗中我是生命的战士，是极勇敢，极郑重，极严肃的向未来的城堡进攻的战士。我是不断地有新境遇，不断地有新生命的；我是为了真实而奋斗，不是追逐幻象而疲奔的。

　　知道了我的走向人生的目标，辛，一年来我虽然有不少哀号和悲忆，你也不须为生的我再抱遗恨和不安。如今我是一道舒畅平静向大海去的河流；纵然缘途在山峡巨谷中或许发出凄痛的呜咽！那只是投沙岩石漩涡中去的原因，相信它是会得到平静的，会得到创造真实生命的愉快的，它是一直奔到大海去的。

辛！你的生命虽不幸早被腐蚀而夭逝，不过我也不过分的再悼感你在宇宙间曾存留的幻体。我相信只要我自己生命闪耀存在于宇宙一天，你是和我同在的。辛！你要求于人间的，你希望于我自己的，或许便是这些罢！

深刻的情感是受过长久的理智的熏陶的。是由深谷底流中一滴一滴渗透出来的。我是投身于悲圆中而体验人生的。所以我便牺牲，人间的一切虚荣和幸福，在这冷墟上，你的坟墓上，培植我用血泪浇洒的这束野花来装饰点缀我们自己创造下的生命。辛！除了这些我不愿再告诉你什么，我想你果真有灵，也许赞助我一样的努力。

一年之后，世变几迁，然而我的心是依然这样平静冷寂的，抱持着我理想上的真实而努力。有时我是低泣，有时我是痛哭；低泣，你给予我的死寂；痛苦，你给予我的深爱。然而有时我也很欢乐，我也很骄傲。我是睥视世人微微含笑，我们的圣洁的高傲的孤清的生命是巍然峙立于皑皑的云端。

生命的圆满，生命的圆满，有几个懂得生命的圆满？那一般庸愚人的圆满，正是我最避忌恐怖的缺陷。我们的生命是肉体和骨头吗？假如我们的生命是可以毁灭的幻体，那么，辛！我的这颗迂回潜隐的心，也早应随你的幻体而消逝。我如今认识了一个完成的圆满生命是不能消灭，不能丢弃，不能忘记；换句话说，就是永远存在。多少人都希望我毁灭，丢弃，忘记，把我已完成的圆满生命抛去。我终于不能。才知道我们的生命并未死，仍然活着，向前走着，在无限的高处创造建设着。

我相信你的灵魂，你的永远不死的心，你的在我心里永存的生命，是能鼓励我，指示我，安慰我，这孤寂凄清的旅途。我如今是愿挑上这付担子走向遥远的黑暗的，荆棘的生到死的道上，一头我挑着已有的收获，一头挑着未来的耕耘，这样一步一步走向无穷的。

自你死后，我便认识了自己，更深地了解了自己……辛！这世界，这世界，四处都是荆棘，四处都是刀兵，四处都是嘴息着生和死的呻吟，四处都洒滴着血和泪的遗恨。我是撑着这弱小的身躯，投入在这腥风血雨中搏战着走向前去的战士。直到我倒毙在旅途上为止。

我并不感伤一切既往，我是深谢着你是我生命的盾牌；你是我灵魂的主宰。从此我是自在的流，平静的流，流到大海的一道清泉。辛！一年之后，我在辗转哀吟，流连痛苦之中，我能告诉你的，大概只有这些话。你永久的沉默死寂的灵魂啊！我致献这篇哀词于你吐血的周年这天。

彭雪枫致林颖

彭雪枫与林颖

彭雪枫是一名德才兼备、智勇双全的军事将领。抗战时期，他率领部队屡屡重创日军，立下了卓越功勋。在抗日的烽火硝烟中，彭雪枫还得到了一份意外的收获——结识了妻子林颖。相比于其他革命先烈的妻子，林颖仿佛并不出名，但她和彭雪枫的爱情故事，也同样不逊色于旁人。二人从恋爱到婚后，彭雪枫一直都深爱着妻子，写给妻子的家书多达八十七封，他们之间既是亲密无间的爱人，也是志同道合的战友。

1941年5月，新四军第四师师长彭雪枫奉命率领部队来到了位于津浦路东段的淮北地区休整待命。中共淮北区委书记刘子久和行署主任刘瑞龙将淮宝县（今洪泽县）委妇女部长林颖介绍给了彭雪枫。二人于同年9月结为夫妻。

婚后仅三天，林颖便因工作需要离开了丈夫。当时，林颖是淮北抗日根据地的地方干部。彭雪枫所在的师部与林颖隔着一个洪泽湖，有十多个小时的水路。新婚燕尔，湖水苍苍，难以相会。可即便是在蜜月中，这对新婚夫妻谁也没有过湖探望对方。他们一边在战斗的岗位上实现着自己的价值，一边鱼雁传书，互致情怀，鼓舞勉励。这在革命战争年代，愈显珍贵。而彭雪枫不但英雄侠骨，还情感丰富，笔触细腻，写情书洋洋洒洒，议论抒情，智处启人思考，情处感人至深，给人一种坦荡的襟怀和高尚的爱情观。

信中关于三日"新婚别"的情感抒发，感情真挚，颇为动人。心中有万语千言，落到纸上却只有寥寥数语。他不愿以自己的情思撩动妻子更加浓厚的惦念，却又不得不说出写出无法排遣的情愫。这种看似矛盾的语句却正好是心灵深处起伏波动之情潮的真实反映。

"每逢佳节倍思亲"，更何况又是"千里共婵娟"的中秋佳节，诗人气质的彭雪枫深夜里蘸着月色给林颖修书，就使得情书也像佳节的月光那么皎洁而透明了。

1944年7月25日，党中央决定派四师向河南敌后进军，收复失地，拯救中原人民。接到命令后，彭雪枫将一切安排妥当，于8月14日回家看望留在津浦路东做地方工作的林颖。得知爱人明天就要离开的消息，林颖的泪水夺眶而出。

彭雪枫安慰道："裕群（林颖原名周裕群），你听我说，'家如夜月圆时少，人似流水散处多'。战争年代如此，全国胜利后也不能全家整天在一起，那时我们的战斗任务将更艰巨，祖国需要我们去建设。再说，这次离别，等到我们返回路东时，你将锻炼得更坚强！"

然而未承想，这一次竟成永别。1944年9月11日，彭雪枫在河南夏邑八里庄的战斗中不幸牺牲。直到次年1月，他们的儿子小枫即将满月之时，林颖才得知这个噩耗。她几度濒临崩溃，欲随他而去，最终还是想着彭雪枫生前的嘱托，坚强地活了下来。她将彭雪枫生前写给自己的87封信件全部悉心保存着，这一封封凝结着丰富、炽烈、睿智情感的信件，伴随着她度过了余生追忆雪枫的每一个日日夜夜。

一封家书

> 假如生产了，不论男孩或女孩，我提议起名字叫'流离'吧！这倒名副其实，一个很妙的纪念！不知道你赞成不？

群：

我们于上月廿八之夜，由山郭家经浮山镇渡河到泗南来，为的是更便于指挥部队。敌人于扫荡泗南之后，即集结于青阳马公店之线，继续向泗宿及泗灵睢扫荡，归仁集、金锁集、刘圩、小新关、老韩圩子，都成为敌人的临时据点，如不组织几个较大的战役，敌人是不会很快的撤走的。首先组织了十一旅的部队，猛袭马公店，一日之夜以一个营兵力，袭入马公店，全部鬼子两个中队密集于一个院子里，我英勇战士猛掷手榴弹一百余枚，并以机枪交叉扫射，杀伤鬼子六十余名，实在痛快！冲出来的鬼子，首先是那个机关枪手，被我们一把抱住，先夺过了新的三八式轻机枪,再摘下了钢盔,意图生擒,他坚决不走,终于结果了他。这一仗给敌人打击最大,老百姓轰传得也越发厉害!都说新四军的计策高妙,打仗能干,老百姓总喜欢夸张事实,无论是敌情也好,胜利也好。军区特务营,廿六日攻入泗阳屠圆,围伪绥靖军两个团的司令部,毙敌一百余名,俘虏十余,缴获步枪九枝,黄大衣多件,这对伪军是个更大的威胁。我骑兵团正会其进攻泗城,即在敌伪据点之中到处冲击,敌人知到他们的骑兵对付我们的骑兵是无可奈何的,因为他们的马没有我们快,人也没有我们的勇敢。就是这样在不断的战斗中,部队的信心提高了,敌人的士气低落了,而且定为一个月的扫荡期,也将到了。据两日来的情报

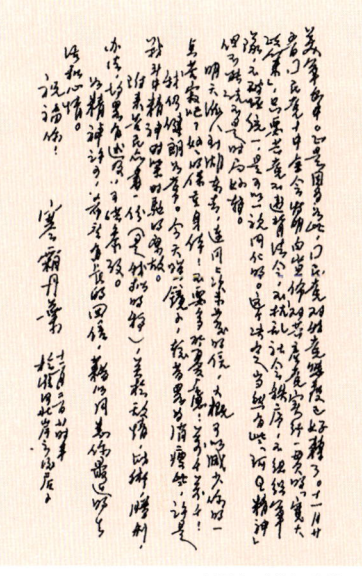

彭雪枫致林颖书信手迹

判断，敌似有西撤模样。又说本日青阳方向大火，大概要滚蛋了吧？不过，对敌今后之不断的给我们以苦痛的事实，无论如何是不应忽视的。

此次扫荡，主力部队能机动的首先跳出合击圈，继而能各线打击敌人，总算是深可庆幸的事！但表现最严重的弱点的，是政府机关人员的不沉着,地方武装的无能。这都是往昔长期太平环境所赐的恶果，在实际战斗和苦痛中，应当会给以警惕的吧？这一次血淋淋的事实，比过去任何一篇文章和报告都要来的切实！高尔基小说《母亲》中主角伯惠尔说："人们是不信任赤裸裸的说话的，飞吃苦头不可，飞用血来洗炼说话不可！"此次的苏皖边区，总算用血来洗炼过了！

　　昨天夜间，我们由峰山镇东之大王套，走了卅五里移来双沟东南之后店子，背溧河面淮水，风景清丽。枫树的红叶，绕着村子的周围，又夹着一座柏林，虽在寒风中，也不减我们的游兴！房子也是出发以来的第一次舒服的，写字台、钢丝床、纱橱之类应有尽有。倘若敌情许可，打算在这里多享受几天哩！

　　孩子应该生下来了？这是我所最关怀的事！假如生产了，不论男孩或女孩，我提议起名字叫"流离"吧！这倒名副其实，一个很妙的纪念！不知道你赞成不？或者你会起一个更好的名字。

　　前天又收到南阳忆先的一封双挂号，我同样小心的拆开，然而除去廖廖数语之外，在夹层中一无所有！而且里层的白粉纸少了半边，大概被检查官揩油了！不知当真寄钱了没有？如寄钱，又不知究有多少？这种办法真是可一而不可再！大概坏就坏在这廖廖数语上，几句不关紧要的闲话，为什么又要双挂号呢？能不启人疑猜吗？

　　《苏联红军战史研究》、《译丛补》读完了，现在是正读着高尔基的《母亲》，正二分之一了。说来惭愧，堂堂文豪高尔基，除了读了他的短诗《海燕》外，《母亲》

还是开宗第一部，实在太寡陋了！我又准备向人借读托尔斯太的《战争与和平》，那是一部举世闻名的大著，两千多页，超过了《静静的顿河》，名家作品是不应该不读的。如今又是读书的最良时机。告诉你，我还读了古词《西厢记》，又正读着《燕子笺》。我恨不得将最著名作品于最短时间一齐装进头脑里去，越读书越感到自己的贫乏！我希望我的最亲爱的人，同样有此抱负！

苏联红军于十一月中旬大举反攻，一周之间消灭德军近二十万人！现正猛烈前进中。英美军在北非以破竹之势继续向德意军推进，除去突尼斯、比塞大两港外，几全部入于北非英美军手中。正是因为如此，国民党对我党态度也好转了。十一月廿五日，国民党十中全会特明白宣布对共产党实行的一贯的"宽大政策"。只要共党不违背法令，不扰乱社会秩序，不组织军队，不破坏统一，是可以一视同仁的。这个决定，当然有些"阿Q精神"，但不能说不是时局好转。

明天派人到湖东去，连同上次未发的信，大概可以减少你的一点苦寂吧？好好的保重身体！不要多所忧虑！万千万千！

我仍健朗如常。今天照镜子，较昔略为消瘦些，许是战斗中精神时紧时驰的原故。

附来告民众书一份（是我拟的稿），关于敌情、战术、胜利、办法，均略有述及，可供参考。

　　如精神许可，希望有长的回信，藉以洞悉你最近的生活和心情。

　　祝福你！

寒霜丹叶
十二月三日廿时半于淮河北岸之后店子

我想我应该努力了，请你给我勇气！

> 数日以来，月色如画，惟少一月下谈心的你，可谓辜负良夜太甚！

颖：

　　别离才仅三天，好象已经三个月了，这一形容并不过火，理智排除感情，总是一阵需要斗争的事，何况是在二十四日之后，又何况是在长夜倾谈而话才吐出了千分之一的以后呢？我不愿写出这种情思，生怕引动你的更加浓厚的惦念之情，然而事实如此，叫我有什么法子呢？人们说我是个感情丰富的人，过去可以压得下，近来有点异样了，一个人的影子，自早至晚怎么样也排遣不开！外人知道了，真是有些好笑！

　　自你走后，一般公论是：（一）太理智了，（二）太突然了，为什么不过三天呢？（三）双方离开是对的，然而也应该在"蜜月"之后，（四）离开是好的，就是太远了，（五）究竟不出众人所料堪为模范，（六）过一时期还是离近一点好，这样才能双方更易于了解，感情才更易于染浓。

虽然时间只有那样短，但军中人对你的评论是：（一）大方，（二）比我还要大方，（三）豪爽，（四）精明有能力，（五）有发展前途，（六）结婚易使女方堕落消沉下去，然亦易使女方以及双方精神焕发勇于前进而更有利于自己的进步与发展，（七）才德貌是恰如人意的，但能否不因与我结合而即高傲起来呢？而即放松于待人接物的注意了呢？

一般同志和朋友对于我俩的希望（几乎有其一致性）是：（一）不要过于亲近，比如说你到军队工作，也不要过于疏远，比如说你到淮宝长住。（二）你更须有计划的学习，我更须有有计划地帮助你学习。（三）应当在下层锻炼，更应"切实"地去对付工作。（四）应自重而后始能互重。（五）生活美满不在于物质，而在于互相之间的敬爱与慰勉。

有一个朋友，郑重其事的鼓励我，他说：人们在双方相爱以至于结婚之后，精力气魄是充足饱满的，倘是诗人必得佳作，倘是音乐家必得妙曲，倘是理论家必得美论，像列宁在结婚之后所著的《历史的唯物论与经验批判论》即是结婚之后献给他的夫人的。像我——一个军人，除去指挥战斗获得胜利以外，必须写一篇或者写一本关于军事论文而又要浓厚的辩证法式的去写，这是一个极有意义和极有价值的纪念！即以此来献给你。这话使我兴奋而又惭愧！我对他说，我是心有余而力不足，可是我万分赞同他的提议。自己常常打算写一点如意的东西出来，可是不是无时间便是无心情！我想我应该努力了，请你给我勇气！

几天以来，取笑的或正正经经的谈着你我的，以及远处写信来的颇为不少，给我个人的用我的名义答复了，写给我俩的用我俩的名义答复了，其中有两封须要送你过目的，一是送礼物的，没什么，一是严肃的劝导的，我认为很对，特别付封送来，并将我的复函抄之如下："郑平同志：大示读悉，金石之言，感人至深！自当铭诸座右，以求不忘，并盼时赐佳言，以做明镜，相信我等必能听从，执行到底，而不给人以口实也，颖已于昨日东渡淮宝，从此各在本人工作岗位上努力为党的事业而斗争，以期不负老友之殷望，并以之答复爱护之热忱！特此敬复。雪枫 林颖 9 月 27 日。"给高的信是："高峰同志：大示及莲藕 200 斤均如数收到，隆情盛谊，何胜激感？尔后益当努力为党奋斗，以副多年战友之雅望！雪枫 林颖 27 日。"

数日以来，月色如画，惟少一月下谈心的你，可谓辜负良夜太甚！此情此景此事，何日才能到来呢！？你有同感没有？比如今夜——29日，你在做什么呢？不见你的信，难见你的信！然而我又知道你是昨天才到的淮宝，何忍责备你呢？真是矛盾！

三日湖上生活，看了不少的书，或者写了不少的东西吧？那个朋友的写东西的建议，你认为好不好？倘若好，我们共同努力不好么？像你说的，把这回事以及所牵涉的人物，微妙的描写出来，那应该是多么生动优美啊！

淮宝工作环境如何？一般人对你印象和态度如何？前以话多，未曾问及，有暇请你告诉我。南方人到了适于南方生活习惯的地方，更要小心些，我总在担心你的健康，尤其是你对于健康的漫不经心的态度，万不应以为身体健康，而即疏忽了对自己的珍重！

我近来，除去情调上有些异样之外，生活如常，身体如常，健康之珍重亦比你注意些，请你放心。不过，较前稍为忙了些，过几天要出去侦察地形了，倘若敌情无大变化，我打算带上拂晓剧团到五旅和九旅去，看看队伍，给干部和部队讲讲话演演戏，每见战士，常常使我振奋！他们是可敬可爱的！计划如果实现，恐怕要费一月的时间，如能转到淮宝，那自然好，然而又虑到一个"人言可畏"。不管他，到时看"机遇"的发展形势而定。"千言万语总不尽"，何处何时才是我们畅所欲言的境遇呢？

努力你的工作，埋头读你的书，坚持记你的笔记和记你的日记。请不要过于惦念我，饮食起居我是会注意的。

不要忘了别时的叮咛啊！更不要忘了给你的信上的建议啊！自己爱护，人家才更加爱护！

像片洗出来了，照得还不错，不过有几张照重了，你的单人像也在内，真是憾事！只有将来再照吧。因为到九旅取晒像纸未归，故先洗印这几张，送你看，大家都说合照的较大的那张好，特为签上字，送你的知心的朋友，但我不希望随便送，一定是较为合得来的所谓"知己"。（送来9张）

纸短言长，夜深人静，下次再写吧。是谁先给谁写呢？记着我们的时间，也许此刻现在，你同样在握笔疾书吧？

祝你

愉快！

枫

9月29日夜1时23分于半城众人入梦时

一个人的中秋夜

> **❝** 我特别爱那两句:'两情若是久长时,又岂在朝朝暮暮!?'完全对的呀,两情若是久长时,又岂在朝朝暮暮!? **❞**

颖:

今晚中秋节,月色分外皎洁,赏月归来,内心里总好像少了一件什么东西似的,虽然各单位都在锣鼓喧天,热闹非凡,然而我都没有参加,自己想想中秋节就是这样的轻易地放过去了吗?结果还不是这样的轻易地放过去了!

现在是深夜 1 时 40 分了,正当我写了迎击反共军东进的训令之后,觉得必须给你写封信,我何尝不知道你的信或者就在途中,可是因为没有见(别后至今才只接到你一封信!)到你的信,总使我念道着你的"爽约"了,难道你比我还要忙吗?马上又体谅到你,因为你是在乡下，会知道谁恰好过湖西来呢？而且离岔河和朱坝又那么远，又没有适当的送信人！不管怎么说，我是在盼望着的！算一算，别后给你的信，这已经是第四封了！

一个同志——那是我们的诗人，为你我写了一首诗，第一节已经送到拂晓诗刊上去了，被我事后发觉留下了，他不甘心特为缮写寄给你，第二节还须"待续"，你看看，他写的好不好？至于"枫林"倒双关得十分美丽，事先我还不曾想得出，你也想过吗？下面一首词是秦少游（？）什么人做的，是咏"七夕"的，我特别爱那两句："两情若是久长时，又岂在朝朝暮暮！？"完全对的呀，两情若是久长时，又岂在朝朝暮暮！？

我打算7号到泗北一带侦察地形去，多则一周少则五天即便返部，倘若届时无甚情况，拟赴淮宝一行，但也说不定，五旅在天井湖，已经答应他们要去看看了！而且10月12号，又是本军四周年及四师东征三周年的日子，四个剧团公演，当有一番盛况吧，可惜你不在场！

在反动分子活动的地区，注意你的行动！不要一两个人走路，经常靠近部队，时做有警准备，更要注意你的身体，千万不可大意！

读书有成绩否？计划定出来否？谁知道什么时候才

接到你的信呢！？

祝你

晚安！

雪枫
中秋节之夜 2 时 05 分

一本苏联小说《新时代的曙光》，不日寄给你，以后写信编上号码，以免遗失，当更好，你意如何？

庐隐致李唯健

庐隐是二十世纪二三十年代女作家的代表人物之一，与冰心、林徽因并称为"福州三大才女"。庐隐原名黄英，有两个哥哥，她的出生本该给家里带来欢乐，然而在她出生的那天，外祖母去世了。于是刚出生的她就被贴上了"扫把星"的标签。母亲一口认定是她克死了外祖母，连奶都不给她吃，只能交给奶妈喂养。庐隐四岁那年，父亲要去湖南上任，觉得女儿庐隐是个累赘，便让奶妈把她接走，哭闹的小庐隐让父亲极为恼火，竟然抱起她来就扔进了旁边的河里，亏得被陌生人救起，小庐隐才捡回了一条命。后来，父亲因病去世，母亲带着庐隐投奔娘家，开始了寄人篱下的生活，经常遭别人的欺负。

由于母亲的虐待、父亲的嫌弃,加上早年丧父,本该是欢乐的童年生活,对庐隐来说却充满了阴暗……后来在哥哥的帮助下,庐隐发愤学习,终于考上了北京女子师范学校,这让母亲对她的态度有了很大的改善。

庐隐的感情同样充满了波折。她十七岁与林鸿俊订婚,林是个父母双亡的苦孩子,这让庐隐起了恻隐之心,他对庐隐的追求遭到庐隐母亲的强烈反对,出于对母亲的逆反心理,她接受了他的感情。

进入大学后的庐隐,接触到了更为广阔的世界,见到了更多优秀的人,对当初林鸿俊的感情也慢慢淡了下来,这段感情也无果而终,他们在订婚五年后退婚。这时,一个叫郭梦良的男子闯进了她的生活。他们有着共同的志趣与追求,迅速坠入爱河。即便郭梦良是有家室的人,她还是义无反顾地与他在一起,毫不顾忌世人的眼光。她的内心有一颗孤独的灵魂,需要人去安慰。

庐隐与李唯健

两年后，郭梦良因病去世，对她造成了极大的打击。雪上加霜的是，郭去世后，母亲、哥哥也相继去世，这让庐隐几度崩溃，她曾在文章中写道："我对于生命，开始了厌恶，假使死了，也许比这活着快乐些吧。"

接二连三的打击让庐隐悲痛欲绝的同时，重新思考着生命的意义，这时候，她的生命中另外一位男子——李唯健出现了。此时庐隐已经不敢再轻易接受他人的追求，但与李唯健的精神共鸣，让庐隐从内心深处感受到了幸福。他们开始频繁地书信往来，在信中，庐隐自称"冷鸥"，而李唯健则自号"异云"。1930年，庐隐与比她小八岁的李唯健结为夫妻。在爱情的滋润下，庐隐的才华也得到了很好的发挥，《火焰》《象牙戒指》等长篇小说相继发表。

但是，就在他们正在为未来努力奋斗时，庐隐却因难产去世，年仅三十六岁的她以这样的方式离开了人世。

庐隐去世后，伤心的李唯健带着他们的女儿回到了四川老家。此后的每一天，他无不思念着亡故的妻子。在庐隐去世三十多年后，他还写了自传体长篇《吟怀篇》缅怀庐隐，他曾说过："我每多活一日，便是多爱庐隐一天。"

他们在一起的日子虽然短暂，但是他们的爱情并没有因为庐隐的去世而终止，李唯健用自己的方式一生爱着庐隐，心中一直保留着这份真挚的感情，靠回忆持续着这场"芦苇之恋"，属实令人敬佩。

我愿你不要失去你自己

> **❝** 我并不畏缩，我虽屡经坎坷、汹浪、恶涛、几次没顶，然而我还是我，现在依然生活着。**❞**

信收到了，诗尚未寄来，想因挂号耽误之故吧。

承你鼓舞我向无结果人生路上强为欢笑，自然是值得感激的；不过，异云，神经过敏的我，觉得你的不说悲观是不自然……什么是奋斗？什么是努力？反正一句话，无论谁在没有自杀或自然的死去之先，总是在奋斗在努力，不然便一天也支持不过去的。

异云，我告诉你，我并不畏缩，我虽屡经坎坷、汹浪、恶涛、几次没顶，然而我还是我，现在依然生活着；至于说我总拿一声叹息、一颗眼泪去罩笼宇宙，去解释一切，那只怪我生成戴了这副不幸的灰色的眼镜，在我眼睛里不能把宇宙的一切变得更美丽些，这也是无办法的事。至于说悲观有何用——根本上我就没有希望它有用。——不过情激于中，自然地流露于外，不论是"阳春白雪"或"下里巴歌"，总而言之，心声而已。

我一生别的不敢骄人，只有任情是比——一切人高明。我不能勉强敷衍任何人，我甚至于不愿见和我不洽合的人，我是这样的，只有我，没有别人；换言之，我的个性是特别顽强，所以我是不容易感化的，而且我觉得也不必勉强感化。世界原来是种种色色的，况悲切的哀调是更美丽的诗篇，又何必一定都要如欢喜佛大开笑口呢？昇云，我愿你不要失去你自己，一不过，如果你从心坎里觉得世界是值得歌颂的，那自然是对的；否则不必戴假面具——那太苦而且无聊！

我们初次相见，即互示以心灵，所以我不高兴打诳语，直抒所欲言，你当能谅我，是不是？

再说罢，祝你快乐！

冷鸥

沉默的时候，
就是宇宙包容一切的时候

> **❝** 人间虽然污浊，但是黑暗中也未尝没有光明；人类虽然渺小，但在某种环境之中也未尝没有伟大。**❞**

云弟：

放心！我一切都看得雪亮，绝不至误会你！

人间虽然污浊，但是黑暗中也未尝没有光明；人类虽然渺小，但在某种环境之中也未尝没有伟大。云弟，我们原是以圣洁的心灵相结识，我们应当是超人间的情谊，我何至那么愚钝而去误会你，可怜的弟弟，你放心吧，放心吧！

人与人的交接不得已而戴上假面具，那是人间最残酷最可怜的事实，如果能够在某一人面前率真，那就是幸福，所以你能在我面前不虚伪，那是你的幸福，应当好好的享受。

　　什么叫疯话？——在一般人的意义（解释疯狂的意义之下）你自然难免贤者之讥；但在我觉得这疯话就是一篇美的文学，——至少它有着真诚的情感吧。

　　但是云弟，你入世未深，你年纪还小，恐怕有那么一天你的疯话将为你的经验和苦难的人生而陶铸成了假话呢！到那时候，才是真正可悲哀的。古人说"哀莫大于心死"，——现在一般社会上的人物，哪一个是有着活泼生动的心灵？哪一个不是行尸走肉般在光天化日之下转动着？唉！愚钝本是人类的根性，佛家所谓"真如"早已被一切的尘浊所遮掩了，还有什么可说？

　　其实我也不比谁多知道什么，有的时候我还要比一切愚钝的人更愚钝，不过我有一件事情可以自傲的：就是无论在什么环境中，我总未曾忘记过"自我"的伟大和尊严；所以我在一般人看起来是一个最不合宜的固执人，而在我自己，我的灵魂确因此解放不少，我除非万不得已的时候，我总是行我心之所安——这就是我现在还能扎挣于万恶的人间绝大的原因。云弟，我所能指导你的不过如是而已！

　　你是绝对主情生活的人，这种人在一方面说是很伟大很真实的，但在另一方面说，也是最苦痛最可怜的；

因为理智与情感永远是冲突的，况且世界上的一切事实往往都穿上理智的衣裳。在这种环境之下，只有你一个人骑着没有羁勒的天马，到处奔驰，结果是到处碰钉子——这话比较玄妙，我可以举一件事实证明我的话是对的：比如你在南方饭店里所认识的某女士，在你不过任一时的情感说一两句玩话罢了，而结果？别人就拿你的话当作事实，然后加以理智的批评，因之某博士也不高兴你，某诗人也反对你，弄到现在，你自己也进退两难——这个大概够你受了吧？——所以，云弟，我希望你以后稍微冷静点，一般没什么智识的女子，她们不懂得什么神秘，她们可以把你一两句无意的话当作你对她们表示情爱的象征呢！——世路太险恶，天真的朋友，你要留心荆棘的刺伤呢。

　　云弟，你是极聪明的人，所以你比谁都疯狂，——自然这话也许你要笑我偷自"天才即狂人"的一句话；不过，我确也很了解这话的意义。所谓天才，他的神光与人不同，他的思想是超出人间的，而一般的批评家却是地道的人间的人，那些神秘惊奇的事迹在他们眼里看来自然是太陌生，又焉得不以疯子目之呢？

　　可是我并不讨厌疯子，我最怕那方行矩步的假人物。——在中国诗人中我最喜欢李太白和苏东坡，我最讨厌杜甫和吴梅村；在外国诗人中我所知道有限，可是我很喜欢雪莱——这也许就是我们能够共鸣的缘故吧。

　　天地间的东西最神秘的，是无言之言，无声之声，就是你所说的沉默。中国有一句成语说"无限心头事，都在不言中"。所谓沉默的时候，就是包容宇宙一切的时候，这时候是超人间的，如醉于美酒后的无所顾忌飘逸美满的心情，云，你说对不对？再谈吧，祝你高兴！

冷鸥

请用伟大的同情抚慰我

> 希望你永远温柔的用你的两臂将我环住吧。到处都是冷硬，我实在不能找到更安适的地方。

亲爱的异云：

心神的不安定，使我觉得时间特别难过；而且这几天我是处在一个举目生疏的环境里，独坐静听窗外秋风，看窗前雁影，我的心是从胸膛里跳了出来，孤零零的，冷森得不知怎样才好！时时刻刻祷祝太阳快点走——我虽明知日子是去而不返——但这样荼毒的时光，我实在不愿爱惜，而且也没有勇气爱惜。

我渴念着远离的你们。啊，异云，我的神经本来有些过敏，我只要想到你们，我的心便立刻跳了起来。我可以幻想出许多可怕的事情来，我恨不得抓住天空的一朵行云，飘我回到北平，回到我寄放心神的你们的身旁。

庐隐致李唯健

啊，异云！从这一次体验中，我更知道人生在世所最可宝贵的是什么了——不是虚荣，也不是物质，只是合拍的心。以后我什么都不能也不愿要，只要捉住你的心，陶醉在你的热情里，让日月在我头顶上慢慢逝去，让我的躯壳渐渐地衰朽，只要不使我的心孤零，我永远是感谢造物主的！

异云，这三四天我是旅行了一次新沙漠，那些学生虽对我表示十三分的欢迎，但是我所要的不是那些——那些是不能医治我灵魂饥渴的东西。唉，爱人，——异云——你是知道我要的是什么呢！请你用你伟大的同情来抚慰我吧！我实在狼狈到无以复加了！

今天好容易盼到回北平了，无奈倒霉的火车又误了点，今天还不知什么时候可以到北平。你今天下午到我家里，听说我还不曾回来，一定要受一点虚惊吧。异云，我真不明白我怎么越活越没出息，没有勇气；记得前几年我常是过着飘泊的生活，而现在对于这小小的旅行都这样懒惧起来，自然我可以说出相当的理由来，是因为我的心所受的创伤太多了，不能再有支持的力量了——如果再加上一点重量，我自然是担当不住的。

唉，异云，这样一个心神疲弱的人，现在是投在你的怀里，你将为了她更努力地支持了；而且她除了投在你的怀里,任何地方都是不安适的啊!希望你永远温柔地用你的两臂将我环住吧。到处都是冷硬,我实在不能找到更安适的地方。

我在这里等火车,心情非常不耐烦,给你写这封信,还比较松快些。

下午我愿你是坐在我的房里等我的。啊,亲爱的,好好地安慰我吧!

你的鸥

人类是不可思议的神秘的怪物

> 自从认识你以后，我的心似乎有了一点东西——也许是把钥匙，也许是阵风，我的心不安定呢。

异云：

你的信我收到了，没有什么可说。天底下的春蚕没有不作茧的，也正犹之乎飞蛾扑火。明知是意炎烧身，但是命运如此，——正如你所说——除了冷静去承受，实在也没有更高明的办法。

不过，异云，你要知道人类是不可思议的神秘的怪物，所以自苦的情形虽等于春蚕等于飞蛾，然而蚕茧的收获可以织出光彩的绸缎，飞蛾投入于火炎中虽是痛苦，同时可以加火的燃烧力，因之，人类虽愚，自甘沉没的结果，便得到最高的快乐和智慧了。异云，你为什么病？你是否为了搜寻智慧而病呢？……我愿意知道。

这些天连着喝酒，我愿迷醉，但是朋友们太小心，唯恐我醉，常常不许我尽量，因此，我只能半醉，我只能模糊的记忆痛苦的已往，——但是我不能整个忘了宇宙啊，异云，这是多么苦痛的事情呢？我希望有一天我能够醉得十分深——最好永不醒来。唉，异云，我是怪人，我不了解快乐，我只能领会悲哀。

……

自从认识你以后，我的心似乎有了一点东西——也许是把钥匙，也许是阵风，我的心不安定呢。

我觉得有一个美丽的幻影在我面前诱惑，我发誓纵使这幻影终究是空虚而苦痛的，但是我为了他醉人的星眸，我要追逐他——以至于这幻影消灭了，——我也毁灭的时候！！啊！异云，我不愿更饶舌了，我只有沉默——除了沉默是没有方法可以包涵我心中无限的意思！

疯话一篇也许你懂，当然我是希望你懂；不过，不懂也好，至少没有钥匙，没有了风，我的心门将永久闭塞，我的生命也永不起波浪。好了，星期日见吧。

冷鸥

我最喜欢黄昏时候

> 碧的绿藤叶在微风中鼓荡，我抬头望着，常恍若置身于碧海之滨，细听小的涛浪互语：这是多么神秘的体验啊！

异云：

现在正是黄昏时候，天空罩着一层薄薄的阴翳，没有娇媚的斜阳，也没有如烂的彩霞，一切都是灰色的。可是我最喜欢这样的时候，因此我知道我的命运是我自己造成的，我只喜欢人们所不喜欢的东西，自然我应得到人们所逃避的命运了。

灰色最是美丽，一个人的生命如果不带一点灰色，他将永远被摒弃于灵的世界。你看灰色是多么温柔，它不像火把人炙得喘不过气来，它同时也不像黑暗引人陷入迷途，——我怕太强烈的光线，我怕太热闹的生活，我愿永远沉默于灰色中。

这话太玄了吧，但是我想你懂，至少也懂得一部分，是不是？

　　今天一天我没有离开我的书案，碧的绿藤叶在微风中鼓荡，我抬头望着，常恍若置身于碧海之滨，细听小的涛浪互语：这是多么神秘的体验啊！

　　你回校写诗了吗？我希望在最近的将来能看见它，而且我预料一定是一本很美丽的作品。杀青时，千万就寄给我吧。

　　我今天写了不少的东西，而且心情也比较安定了。希望你的生活也很舒适。

　　你还吃素吗？天热，多吃点菜蔬，倒是很合卫生，不过有意克苦去吃素，我瞧很可不必——而且吃不了三天又要开斋，真等于"一曝十寒"，未免太不彻底了。再谈。

　　祝你

　　康健！

冷鸥

望你安心写诗，高兴生活

> 因为你，我可以增加生命的勇气与意义；
> 因为你，我可以为世界所摒弃而不感到凄惶；
> 因为你，我可以忍受人们的冷眼。

云：

今晚电话里你说曾寄信给我，当时我很急地跑回家，而信还没有送到，不知你什么时候寄的。电话又坏了，听不清楚，真使人不高兴。云，你知道我的心是怎样不安定呢。

云，我常常虔诚地祈祷，我不希冀人间的富贵虚荣，我只愿我俩中间永远不要有一些隔膜，即使薄于蝉翼的薄膜也不能使它存在，你能允许我吗？

我来到世界上所经的坎坷太多了，并且愈向前走，同路的人愈少，最后我是孤单的，所以我常常拼命踩躏自己。自从认识你以后，你是那样地同情我，慰藉我，使我绝处逢生，你想我将如何惊喜！我极想抓住你——最初我虽然不敢相信我能，但是现在我觉得我非抓住你不可，因为你，我可以增加生命的勇气与意义；因为你，我可以为世界所摒弃而不感到凄惶；因为你，我可以忍受人们的冷眼。在这个世界，只要有一个知己，便一切都可无畏，便永远不再感到孤单。云，你想我是怎样地需要你呢？

你今天回学校以后心情怎样？望你能安心写诗，能高兴生活。我今天也写了一些稿子，不过天气太热，下午人不大好过，曾经发过痧，但不久就好了。你的身体怎样呢？云，我时常念着你啊！

再谈吧，祝你高兴。

冷鸥

幸福与坎坷都在你自己

> 法则有破碎的时候,阴霾有消散的一天,最后我们还是复归于'一'。

亲爱的:

我渴,我要喝翡翠叶上的露珠;我空虚,我要拥抱温软的玉躯;我眼睛发暗,我要看明媚的心光;我耳朵发聋,我要听神秘的幽弦。啊!我需要一切,一切都对我冷淡,可怜我,这几天的心彷徨于忧伤。

我悄对着缄默阴沉的天空虔诚的祷祝,我说:"万能的主上帝,在这个世界里,我虽然被万汇摒弃,然而荼毒我的不应当是你,我愿将我的生命宝藏贡献在你的丹墀,我将终身作你的奴隶,只求你不要打破我幻影的倩丽!

但是万能的主上帝说:"可怜的灵魂啊,你错了,幸福与坎坷都在你自己。"

啊，亲爱的，我自从得到神明的诏示后，我不再作无益的悲伤了。现在我要支配我的生命，我要装饰我的生命，我便要创造我的生命。亲爱的，我们是互为生命光明的宝灯，从今后我将努力地扼住你在我空虚的心官——不错，我们只是"一"，谁能够将我们分析？——只是恶剧惯作的撒旦，他用种种的法则来隔开我们，他用种种阴霾来遮掩我们，故意使我们猜疑，然而这又何济于事？法则有破碎的时候，阴霾有消散的一天，最后我们还是复归于"一"。亲爱的，现在我真的心安意定，我们应当感谢神明，是它给了我们绝大的恩惠。

我们的生命既已溶化为"一"，那里还有什么伤痕？即使自己抓破了自己的手，那也是无怨无忌，轻轻地用唇——温气的唇，来拭净血痕，创伤更变为神秘。亲爱的，放心吧，你的心情我很清楚，因为我们的心弦正激荡着一样的音浪。愿你千万不要为一些小事介意！

这几天日子过得特别慢，星期（天）太不容易到了。亲爱的，你看我是怎样地需要你啊。你这几天心情如何？

我祝福你

快乐！

鸥

月色清明

> 我的心并不空虚，这一切的哀感都是外面的侵袭；我相信你是在我的灵宫深处。

我的昇云：

你昨天到学校不晚吗？甚念！

昨夜月色非常清明，我独自坐在屋里，看见摇光影下的藤条，反映着疏密的印痕，横亘纱窗，恰如我波动的心弦。唉，昇云，我的心弦正弹着神秘幽微的风，一阵阵吹着叶丛，那里有和谐助的回应！啊，我用眼向四境搜寻，但是我找不到可以象征你的东西，最后，我看见一朵奇奥变幻的行云，我想捉住它——简直我认定那是你的化身；然而它是那样地普变，转瞬之间，它化成股清而轻的烟，随着秋风去了，啊，云，这夜空庭，孤影独吊，是如何地寂寞呢？但是，我的心并不空虚，这切的哀感都是外面的侵袭；我相信你是在我的灵宫深处！——那是你永驻的殿堂，所以最后我是含着甜蜜的微笑睡了。我愿梦中能见着你！

今天我很想写东西，不过此刻头有些痛，稍微休息后，就开始写了。

明夜好月色，只可惜我们无法同看——不过月亮反正是一个，何妨请它作个传达心情的使者呢？

星期六三点以后我在家等你，再谈吧！祝你高兴！

冷鸥

那时候那种亲热恩爱，怎么是这支秃笔所写得出的啊。

朱湘致刘霓君

朱湘与刘霓君

　　新月派著名代表人物朱湘是一个极富个性的诗人。他自小就不喜欢循规蹈矩，习惯自由。在他还没有出生的时候，父亲就给他定了一门亲事，对于追求自由的朱湘来说，从心底里非常厌恶这种包办婚姻。

　　他的未婚妻便是大家闺秀刘霓君。刘霓君出生于官宦之家，知书达理，性格温和，富有教养。她在十六岁时按照约定来到朱家，要求与未婚夫朱湘见面。当时，朱湘正在清华读书，刘霓君便来到清华，然而朱湘对她的到来非常冷淡，一连几天对她避而不见，刘霓君伤心之极。最后还是由于朱湘大哥的施压，朱湘才肯和刘霓君见上一面。这段感情从一开始便是冷淡的，为了逃避这段婚姻，朱湘申请了去美国留学，然而即将赴美的前一个月，却被学校开除，原因是他带头抵制学校的早点名制度。

被开除后，他独自一人去了上海，刘霓君只好回到老家。她同父异母的哥哥认为妹妹是被朱家驱逐，对她多番讥讽，随后霸占了家产，并将刘霓君赶出了家门。父母亡故，又被兄长赶出家门，十六岁的刘霓君只能在朋友的帮助下去上海谋生，她找到一家纺织厂做洗衣工，每天要洗大量的衣物，让从小生活在富裕家庭的刘霓君一开始难以适应，每天几乎是一边流泪一边做完所有的工作。

朱湘从朋友那里得知了刘霓君的情况，感觉很对不起她，便找到了她。此后二人渐渐互相接纳了对方，正式确立了恋爱关系。不久之后朱湘获得了去美国留学的机会，二人分别后，朱湘为刘霓君写了一百多封情意绵绵的信。两人虽相隔万里，但那些情意绵绵的文字见证了他们的爱情，也成为后人津津乐道的经典情书。

几年之后朱湘学成回国，两人结婚。婚后他们生了三个孩子，日子是甜蜜的，但巨大的生活压力也让朱湘背上了重负。他是一个理想主义者，加之他的性格与周围的同事总是合不来，工作上屡遭失败。为了养活一家人，他不得不放弃诗歌创作。生活艰难，事业受阻，两个人之间的矛盾日渐加深。尤其是年幼的小儿子因家贫未能得到及时救治而夭折之后，使两个人的关系雪上加霜。

诸多生活琐事使朱湘陷入了崩溃的状态，1933年12月5日这天，他买了一张去南京的船票，临行前他给妻子买了一包最喜欢吃的糖放在了家里。他所乘坐的吉和号停靠南京时，他并没有下船，而是继续随船溯江而上。船行至安徽采石矶时，江上的雾气已经散去，朱湘站在甲板上，迎着寒风，一手握着酒瓶，一手拿着一本《海涅诗集》，吟诵着海涅的诗歌，面对滚滚东逝的长江，纵身跃过船舷，很快被淹没在冰冷刺骨的江水之中。这年，他仅有二十九岁。

妻子刘霓君得到他死去的消息几乎哭瞎了双眼，自此之后终身未嫁，最终削发为尼，遁入空门。他们的一双儿女也被安置进了孤儿院。1974年，刘霓君怀着满心的回忆与痛苦，逝世于昆明。

我的霓妹妹，无须省钱

> **❝** 我的霓妹妹替我带着一男一女，我每月至少总要有中国钱三十块寄给她，才放心。**❞**

霓妹，我的爱妻：

你从般若庵十二月初五写的"第一封"信我收到了。我后天就要搬家，你的信可以寄到憩轩四兄第一次替你打的信封那里。我在芝加哥城里过得好些，身体也好，望你不要记挂。我到今天总共收到你八封信。你信内并不曾提到岳母大人同憩轩四兄的病，想必是都好了。你的奶水不够，务必要请奶妈子。照我如今这般寄钱，是很够请奶妈子的，千万不要省这几块钱。小东身体已经不好，如若小时不吃够奶，一定要短命，那时我决定不依你，小沅你是不用我说就会当心的，所以我也不多讲。罗先生倒是很帮忙，不过那取衣的钱一定要还他。不知你已还给他了没有。千万记得还他。你很可以多寄些鱼肉给他,不过千万告诉他不要叫厨房作,怕的好鱼好肉给厨房赚下去了。你还告诉他,我从前在清华同他,同彭光钦先生,还同些别的同学,一同吃罗胖子先生从湘潭寄的鱼肉。我当时曾经答应了由家中寄些鱼肉给他们再吃一次,你可以多寄些,由他替我请他们罢。我这里只好等今年冬天再看寄不寄罢。如今已是春天,你寄时路上怕会坏了,不值得。并且东西寄到美国后,要抽我很重的税,那时东西不曾吃到,倒要赔钱,那才不上算呢。不过夏天罗先生来美国的时候,他到上海以后,我可以托他在泰丰买些罐头带给我。如若上海没有菌子罐头,你可以寄三四个罐头菌子到上海交他带给我,不能再多,再多他就带不了,并且太多时怕人查出来。那要罚很多的钱。

我新近译好了一本外国诗,寄到上海,可以先拿四五十块现钱,我叫他们直接寄到般若庵八号朱小沅,大概阳历三月底你可以收到。我这几个月因为搬了两次家,省而又省,只省得二十块美金来,阳历三月初寄给你,阳历四月半你可以收到。

等一年之后,你进了学堂,我或者可以多买些书,偶尔添点衣裳。像现今这样,是决定不成的。不过这我一点也不埋怨。我书尽有的看,因为芝加哥大学的图书馆极大，要看什么书，就有什么书。我的霓妹妹替我带着一男一女，我每月至少总要有中国钱三十块寄给她，才放心。

大沅 二月六日

芝加哥是美国第二个大城，生活程度极高，我从前已经告诉过你了。我来这里，因为最近，车费自己出的，还出得起，并且芝加哥大学极好。

接到你三封信，快活得很

> 你不过千万不要再像从前那样做工作到半夜，你那样把自己身子弄坏了，我是决定不答应的。

霓君我最爱的小妹妹：

今天是美国独立纪念节，所以能偷空写信给你。昨天下午我寄美金三十给你，想必这两天你就收到了。我从前教培丽公司寄的画片你已经收到了吗？不见你来信说，我很记挂。下次我买几张很大的寄给你。赵先生来信说我两本译的诗都寄到你那里了，你收到了吗？望你替我存着，将来回国时候再印。妹妹，我今天作的面疙瘩吃，也是拿蛋和的，加白菜用牛奶煮，煮了半点钟，涨得很厉害，简直成了一小锅，中上吃了一半，味道不错。等写完这封信，就作晚上的一半吃。美国苹果汁多，香蕉也不错。今天他们过节，也放爆竹，就是砰东响一声，就完了，没有一点花头，连个天地响都没有，更不要说别样，远不如我们中国。这两天热，我把头发剪了。我忽然想到穿中国衣服真舒服，不如等竹布大褂来了以后，我看看大小，再告诉你，由你明年春天替我作两件纺绸大褂寄给我，就是要抽税也管不了那许多了。他们外国女人真舒服，男人真受罪，上课时候，教习不单黑衣黑裤，里面还穿着黑背心，真是文质彬彬，有礼得很，不过身体可受罪了。

（七月四日）

昨天五号接到你三封信，快活得很。我过得再好不过。吃面包：一则补，二则省事买现成的。菜也补，请你千万放心。我礼拜并不用出去玩，因为一动就是花钱，并且我如今念书念得有味，也不想玩。衷情小说看了恐怕会伤精神，你不要看了罢。要是你觉得太闷，不如在学堂里每天念两点钟书（不要太多，因为小沅小东你得看管）。朋友多些，或者好点，再不然就每天作个两三点钟的工。一忙了，就可少相思一点，妹妹，你想我是我最高兴的事，不过几年之内我是决定不能回家，我很想考个博士回去，教你面上光荣。所以这几年内我们两个都要想法让日子过去，越快越好。四年后我们就永远不分开了，你也永远作"博士太太"了。我想这个方法最好，你不过千万不要再像从前那样作工作到半夜，你那样把自己身子弄坏了,我是决定不答应的。我并不是要你读书作事,不过这样混过日子混得最快。哀情小说你千万不要看了。妹妹,我这面有时虽然热点,比北京我们住东老胡同时却好得多,作饭也省事,一切方便现成,可以请你千万不要焦愁。小沅小东东都很懂事,我很爱。这一对好孩子,不是我那好妹妹,谁养得出?妹妹,我自己作饭并不费力,你放心好了。我每日不用愁衣愁食,有现成钱寄来,我近来精神很好,我作饭也极其有趣。妹妹,不用多心了。我决不会害病(除了相思病),一笑。枕头不要寄了,因为用不着,并且抽税很重。你说的绣花寄到美国来卖,我也问过许多人,都说抽税太大,一时不提罢。你打的信封很大方,我看见很高兴,这是你能干。法国同美国不一样,法国人随随便便,美国人最怕人赚他们的钱。画片他们寄的大半不错,因为寄到中国要邮费,我当时以为不要邮费呢。以后你写信,在日子后面最好注明第几封,省得彼此不放心。你自己可以拿一张纸上面写明那天发第几封信,这张纸自己留着,不用寄,我自然会告诉你。

沅 七月六日第廿八封

因为你爱我，
所以我的话你都留心在意

> 人生在世，只图够活就好了。何必多操心劳神，自己短寿，挣些无用的钱财呢。

我亲爱的霓妹妹：

接三月十二日信，看完之后，说不出的难受。听说你如今很忙，这又何必呢？我不是每月要寄四十块中国钱给你吗？只怪我不该半路来芝加哥，隔了多时不能寄钱给你，出洋时衣服不曾做够，到这里又做了衣服。不妙上加上不妙，赵先生又退出了开明书店，我寄去的两本书又不知稿费拿出来了没有，寄给你了没有。这些至少有一半要怪我自己。

霓妹妹，是我连累得你如此劳苦，请你饶恕了我这一回罢。两礼拜后，我月费就到，这次寄给你卅美金，以后每两个月寄一次，决不管别的事，别的事就是天大我也不管。总要准期寄给你，一个不少，省得你为我这般辛苦。如今忙得你要晚上一点钟不睡觉，匀出睡觉的时候来写信，这封信教我收到看见时哪能不伤心呢？以后我准期寄钱给你，那时你就千万不要劳工了。你如今添了两个孩子，身体已经不如当初，你千万要保重呀。

  人生在世，只图够活就好了。何必多操心劳神，自己短寿，挣些无用的钱财呢。小孩子小时奶吃够了，大时饭吃够了，受了好教育，能够自立，那时我们做父母的便可放心了。我这几个月一心指望两本书的稿费寄给你，又不知情形如何，我实在十分不放心。好在半个月后我就能照常寄钱给你。上面是十七号接到你三月十二号信时候写的。我很高兴，再等十天便能寄钱给你了。总之，你早一天不为家用操心劳力，我便早一天放心。刚才洗脸，忽然想起你写"告诉"两个字，因为我从前向你说过，不是说过，就是你看见我写作"告愬"，所以你也写作"告愬"，这可见得你十分细心。因为你爱我，所以我的话你都留心听下去了。并且可以见得你很聪明，很有悟性。你看，你一到湖南，便把湖南话学会；一进学堂，成绩便好得很。要不是你的悟性大，怎能如此呢。我如今过得越久，便越觉得你好。我前两天想，唉，要是我快点过了这几年，到霓妹妹身边，晚上挨着她睡下，沾她一点热气，低低说些情话，拿一只臂膀围起她那腰身，我就心满意足了。别的我还想起一件事情，就是我近来看书，知道高跟鞋是有伤身体的，年纪轻时还不觉得，年纪一老，背骨便要酸痛的不得了。到那时候，你受苦，我想少年时我不曾劝你不穿，我心里也要难受。要是怕人说你不穿高跟鞋不时髦，那拿自己身体去拼，也犯不着。外国人好处我们尽管采用，他们的毛病我们却不必学。将来你做衣，我是十分赞成。不过穿高跟鞋，我却一定不答应，因为是为了你自己老年时的好处。你信中学我写"告愬"两字（我如今照旧写"告诉"了。因为大家都这样，也不犯着），可见我的话你是很相信了。我如今劝你不穿高跟鞋，你也相信我罢。罗先生很久以前来信说到取戒指，说当票上写作民国十五年，那明是十六年的事情，当铺人作了鬼，只好上两块钱当取回罢。如今想必你早已收到了。七妹的衣想必你也收到。罗先生穷得很，上次来信都向我借钱，我都答应了。不过我为要立刻寄钱给你，又改变了主意。我实在对他不起。他替我在清华还的钱我只好每月在我自己用项内省两块钱，等年底还他（于寄你的钱毫无妨碍，请你放心）。你想托他在北京买东西送万府上令妹，我极赞成，不过钱你可以寄给他。你送了他鱼肉，我听到很高兴；我们结了婚的人对于他们这些单身汉实在应当多怜惜些。将来他回国以后，他的婚事我们要竭力帮忙才对。

沅 四月廿一日 第十三封

我握着你的手,低声说些喊喊话

> 唉呀,那时候那种亲热恩爱,怎么是这枝秃笔所写得出的啊。

我最亲最爱的霓妹妹:

我把你这封信又看了一遍,有四个字,我这次看时特别留起神来,那就是你说你"昏昏沉沉"。你这封信是半夜写的,说不定是精神不好了。也说不定是你先哭了一场,所以头脑发胀。我想你的时候,哭起来,总觉得头胀得多大,眼睛也难受;看书,总有一两天眼痛。你近来又忧愁,又操劳,身体一定大不如前了。好妹妹,我千求你,万求你,一从今天起,以后再也不要多劳了罢。你喜欢作事,这自然是很好,不过把自己太劳累了,惹得你的沅哥哥沅弟弟心中不安,那想必你是一定不愿意罢。我如今身体很好,一点没有瘦。你也要爱惜千金身子才对呀。你可知道，娘从前就是过于操劳，去世太早。霓妹，你千万不要再多劳了，免得我后来伤心。我自己怨我害了你。现在让我们两个商量定妥。你也保重自家身子，我也保重自家身子，将来见面之时，我们这一对夫妻面对面地哈哈一笑，那是多么有味哟。现在我有一个好消息告诉你，就是这所房子，好像北京公寓一样，租住的房客很多。里面另有两个中国人共住一间房，这间住房很小，只够放两张床，不过连着住房另有一间大房也在内，这大房间里有煤油火灶可以做饭。他们两个中间有一个走了，那一个今天同我谈起，睡房中多少有点臭虫，不过我现在这间房里有时也有臭虫，只要他们房中臭虫不太多，我等几天就搬去和那张先生同住。要是搬过去，又可以多省些钱，那时每月总能省下美金三十块寄给你，你看这是多好。我们这样省几年，再邀几个朋友，尽可以开一个书店了。以上廿三日。

霓妹妹：如今树一齐都绿了，我每天下午到草地上去散步半点钟。精神很好。妹妹，最亲的妹妹，我想到几年（如考博士就是四年）之后，回家时候，见到你，那是多么有味啊。日里我出去教书，或是在家作文，吃早饭是拿腌的白菜萝卜豇豆扁豆（还有几个红辣椒）下饭，中饭是拿豆腐、红烧肉丸作菜。你在家里主持家务，那时候小沅小东都大了，我们夫妻两个教他们书。偷到了空工夫,我就坐在你身旁,挵在一起,你的热气飘到我身上来,我的热气飘到你身上去,我还握紧你的手,尽望着你,望着你,低声说些喊喊话,温柔话,说我怎么爱你,怎么敬你,在美国时候怎么想你。到了晚上,小孩子同一家人都睡了的时候,我们一个枕头,帐子放下来了,你把头枕在我的臂膀上。唉呀,那时候那种亲热恩爱,怎么是这枝秃笔所写得出的啊。霓妹妹,我最恩爱最敬重的霓妹妹,我们耐心等着罢。

    永远是你的恩爱丈夫,沅　五月廿六日　第廿封

夫妻是天下最亲爱的人

> 两地相思一线通,离情只诉梦魂中。来年被底团圆夜,紧抱卿卿说意浓。

亲妹爱妹:

接你七月十五信,内有两首诗,作得很动我的心。妹妹,你真多情,又聪明,又能干。我得到了你,真是福气。你的信也写得特别好。你一夜忽然害怕,叫出来,这教我伤心。我很想明年暑假得到了学士就回家,只要衣食不愁,何必考什么博士!老实一句话,博士什么人都考得,像我这诗却很少人能作出来。这多年你为我吃了很多苦,真是数不清说不完。明年回国,只会一天好似一天,那时让你享点福,才算对得起你。妹妹,妹妹,你近来身体不好,你要千万当心当心。一不要过于省钱操劳。你太不吃菜了;须知菜是人的血,对于人性命至关重要；人不吃菜，就像炉子不加煤。妹妹，妹妹，我求你看开一点，无论家中多么穷，我们夫妻同儿女总饿不了的。妹妹多吃点补血的菜吧！像鸡啰，鸡蛋啰，各种肉啰，才是补菜。我求你多吃点罢。妹妹，妹妹，你不是说你肯听我的话吗？你何以不顾自己的身体，只顾省几个臭钱呢。妹妹，妹妹，你的身子就是我千金之宝，无价之宝。妹妹，妹妹，我求你保重身子吧。多吃补菜吧。你不要过于思量伤心。须知明年我就回家，还不快得很吗？何必愁呢？你可拿别人一比，就不会愁了。就说我家二嫂，一人孤零零的，永无再见二哥的日子。如意珠好是好，将来也要出嫁。这样看来，你的命不是好得多吗？我看你伤心，别有一个道理，就是你住的房子靠近尼姑庵不好。我听得你说你同余家舅母同住，我当时才放下心。如今看来，决定要搬家才好。不必管押钿多大，你定要搬家才好。你可以多同亲戚朋友来往，省得一天闲时多，就前思后想，伤神。每天作事最多一两点钟，不可再多。这不过教你消磨时光，作多了就伤身子。妹妹，妹妹，何必呢？

　　我们两人的爱情是天长地久，同偕到老。将来我先闭眼，我就求你顾身子，把小孩子们带得好好的，不要自寻短见，万一你先闭眼，我发誓决不再娶，作负心郎。皇天在上，我家祖先在上，朱湘如不守约，就天打雷劈。

妹妹，这些伤心的话，我本不想说，不过我要安你的心，因为你有时还不免疑心我。妹妹亲爱的，须知我们的姻缘是天注定的，父母指腹为婚，我怎能把你抛舍，那我不是成了畜生吗？我也曾经过许多风波；到了关头，我无刻不想起你那可爱的相貌，慈爱的心肠，又能干，又聪明。我们的爱情，我们的关系已经像铁样的结实，但你有时还不免疑心，我实在伤心。妹妹，我这一片心拿出来给你看，求你始终相信我，那我就心满意足了。暑季只有廿天了，快得很。完了之后，阳历九月放一个月假，很舒服。请你不要记挂，我念书并不忙，你放心好了。我如今作菜做得有趣，一切都是现成，作得很好。将来回国，让我亲自下厨房作一两样菜孝敬你，哈哈。美国这里有一种一寸大的香肠，味道同中国香肚差不多，我拿荤油先炸，后拿中国酱油烹，味道很不错。我如今又能自己煮面，里面加虾米海味菌子白菜酱油，很好吃。也能自己炒面了。一切干净，并不脏。现在夏天，我多吃水果，又凉快，也帮助消化。妹妹，你以后水果也要多吃，买回水果之后，可以拿"来素耳"消毒药水冲进脸盆，把水果洗擦干净；尤其是夏天，更要多洗洗。我从前有过信告诉过你，"来索耳"黄盒子消毒药水，在药房里买得到，加在一脸盆水里面，至少要一汤匙（一调羹的药水加在一脸盆冷水里面）。你就要替小东雇奶妈，我听到真是快活。我知道你对男对女都是一片慈母之心，以前只能怪我不能多寄钱。妹妹，前些时候，我气头上写过一封信，请你宽饶了我罢。如今一天开通似一天，将来女子与男子一样，都是好的。小沅害了病，我听到很难过，幸亏已经好了。公园里可以常去去，因为草木多的时候，空气清爽，最能强壮身体。妹妹，我称呼刘四太太，万五太太，不过是不曾见过面，不知怎样称呼。我在应酬方面简直是个小孩子，不懂什么，你想必早知道了。何尝是看你不起？妹妹真太多心了！你既反对，我以后称呼憩轩四嫂，雅庄五嫂，好不好？望你告诉我。憩轩四哥处我这就写信，并且寄份学校校景给他。以后我决定一个月写一封给他就是。你知道不，这一晌忙，北京三哥、四哥处我有二个多月不曾去信了。你写信给憩轩四哥时候，可以说到。老实说来，夫妻是天下最亲爱的人，儿女次之，家人朋友又次一层。医生说你身子太弱，真是对得很。我起初不也是这样说吗，妹妹，从今天起，你总该要宝贵身体了罢，多吃好菜，不要做事操心，好让我回国时候，看到了心中欢喜，知道你肯听我话。长沙有瘟症，家中务必小心，多洒臭药水，菜都要煮得烂热才能吃，千万不要吃生菜冷菜，街上担子的水果不要买，可以买罐头水果吃（不要怕贵），多多洗澡（可惜我不能陪你吃呀）。奶妈要干净老实，脸上身上有巴巴结结的千万不能用。老妈子你也得叫她多讲卫生。你可以把这一番道理说给她听。妹妹，你要我照相，我就凑巧得很，遇到一个上门做生意的人买了一张票。 平常要十块钱的，他们只要六块，我等一天稍为凉点就照去。你说罗先生同李女士好，这李女士是个什么样人，我并不曾听他说到，望你告诉我。我好同他开玩笑去。罗先生人是老实，其中或有别故，或是受了拒绝；不好意思，怕我们开他玩笑，也未可知。据他说他想同邓小姐亲嘴，邓小姐不曾答应他，别的更谈不上。杨先生照相我寄给你收着，因为我的东西就是你的东西，所以连同邓小姐照相一同寄给你。今天凑巧是礼拜五下午，所以能寄这封长信给你，已经五点半，要作饭了，下次再谈。

　　　　　　　小哥哥，沅　八月十日　第三十五封

赠答霓妹来诗

> "有如白日行天上,百载恩情永不消。"

两地相思一线通,
离情只诉梦魂中。
来年被底团圆夜,
紧抱卿卿说意浓。

金钱用尽又随来,
何必因它自苦哉!
惟有一桩卿爱惜,
千金身体我常怀。

携儿抱女胜多人,
何必颦眉发叹声!
一岁重逢相对笑,
孩童绕膝唤双亲。

爱卿贤慧爱卿娇,
那怕相离万里遥。
有如白日行天上,
百载恩情永不消。

徐志摩致陆小曼
&
陆小曼致徐志摩

1922年，徐志摩留学后回到北京，在交际场上认识了好友王赓的妻子陆小曼。陆小曼出身名门，不仅生得花容月貌，还多才多艺，能歌善舞，喜欢交际，喜欢浪漫；王赓是梁启超的得意门生，年轻有为，身居要职，才华出众，事业心很强，为人沉稳内敛。他很少娱乐，把时间都用来工作和学习上，因此在精神上对陆小曼疏忽了安抚与陪伴。性格爱好上的迥然不同使两人的感情慢慢出现隔阂，加之陆小曼当时懵懵懂懂的时候就被父母许配给王赓，并不懂什么是爱情，导致她总觉得婚姻如牢笼般让她深觉苦闷与寂寞。

当时，徐志摩刚在国外与前妻张幼仪办完离婚手续回国，

1. 徐志摩与陆小曼结婚照
2. 徐志摩手迹

听到林徽因和梁思成在一起的消息后心情失落，痛苦万分。这时陆小曼正好出现了，两人互相吸引，秘密恋爱，甚是甜蜜。陆小曼终于尝到了爱情的甜蜜，徐志摩也从林徽因的影子下慢慢走出来。

可天下没有不透风的墙，很快，有夫之妇陆小曼与大名鼎鼎的诗人的地下恋情被大众知道了。两人在京都很出名，一时间这件事情被传得沸沸扬扬，陆小曼的父母知道后把陆小曼关在家里看管。陆小曼本来从小身子就弱，与爱人不能相见，忧郁成疾，其间三番五次病倒，昏厥，但是一直在与徐志摩互通书信。信中两人互相鼓舞安慰要与旧观念抗争到底，陆小曼越来越坚定地要和徐志摩在一起。原本希望她回心转意的丈夫王庚见此情景，终于在友人的劝说下决定放手，与陆小曼离婚。

历经重重磨难的两人，却依然无法顺利地在一起。他们的婚事遭到徐志摩父母强烈反对。然而看着儿子终日长吁短叹，夜不能寐，加上徐志摩前妻张幼仪的大度应允，徐家父母只好答应。婚后两人度过了一段十分甜蜜的蜜月时光。蜜月结束后，生活也慢慢平淡下来，钱成了最大的问题。陆小曼喜欢施粉黛，穿名牌，爱交际，讲排场，这些都离不开钱。后来在翁瑞午的怂恿下，开始吸起了大烟，生活开始变得堕落不堪。这一切重担自然全都落在了徐志摩一个人身上，为了承担陆小曼的开支，他同时在光华大学、东吴大学、大夏大学三所大学里任教，终日忙于生活的奔波，疲惫不堪。他也一直给在上海的陆小曼写信，一封又一封的信中充满苦口婆心的劝告，希望她离开上海那奢靡的生活，来到北京和他一起奋斗。可陆小曼很少认真看徐志摩的信，也没回过几封，她不愿意离开上海。

这一切在 1931 年 11 月 19 日戛然而止，这天，徐志摩搭乘的飞机坠落，年仅三十四岁的他不幸身亡。陆小曼闻讯，当场哭晕。

徐志摩的突然离去让陆小曼幡然悔悟，他失事后身边唯一的遗作是陆小曼画的一幅山水画，陆小曼对此触动很大。她决定要做徐志摩生前一直希望她成为的那种人，于是她戒掉大烟，从此不再出入社交场所，闭门谢客，潜心学习绘画，聪慧如她，最终也取得了不菲的成就；同时，她还为徐志摩整理出了《云游》《爱眉小札》《志摩日记》《徐志摩诗选》《志摩全集》等文稿，并且创作了《哭摩》来悼念徐志摩，寄托自己的深情和思念。

我只能平看着你

> 我如其凭爱的恩惠还能从我性灵里放射出一丝一缕的光亮，这光亮全是你的。
>
> 假如你能在我的人格思想里发现有些许的滋养与温暖，这也全是你的。

徐志摩
致
陆小曼

小曼：

　　这实在是太惨了，怎叫我爱你的不难受？假如你这番深沉的冤曲有人写成了小说故事，一定可使千百个同情的读者滴泪，何况今天我处在这最尴尬最难堪的地位，怎禁得不咬牙切齿的恨，肝肠迸裂的痛心呢？真的太惨了，我的乖，你前生作的是什么孽，今生要你来受这样残酷的报应？无端折断一枝花，尚且是残忍的行为，何况这生生的糟蹋一个最美最纯洁最可爱的灵魂。真是太难了，你的四围全是铜墙铁壁，你便有翅膀也难飞，咳，眼看着一只洁白美丽的稚羊让那满面横肉的屠夫擎着利刀向着她刀刀见血的蹂躏谋杀——旁边站着不少的看客，那羊主人也许在内,不但不动怜惜,反而称赞屠夫的手段,好像他们都挂着馋涎想分尝美味的羊羔哪!咳,这简直的不能想,实有的与想像的悲惨的故事我亦闻见过不少,但我爱,你现在所身受的却是谁都不曾想到过,更有谁有胆量来写?我倒劝你早些看哈代那本《Jude The Obscure》吧,那书里的女子 Sue 你一定很可同情她,哈代写的结果叫人不忍卒读,但你得明白作者的意思,将来有机会我对你细讲。咳,我真不知道你申冤的日子在那一天!实在是没有一个人能明白你,不明白也算了,一班人还来绝对的冤你,阿呸,狗屁的礼教,狗屁的家庭,狗屁的社会,去你们的,青天里白白的出太阳,这群人血管的水全是冰凉的!我现在可以放怀的对你说,我腔子里一天还有热血,你就一天有我的同情与帮助;我大胆的承受你的爱,珍重你的爱,永保你的爱。我如其凭爱的恩惠还能从我性灵里放射出一丝一缕的光亮,这光亮全是你的,你尽量用吧!假如你能在我的人格思想里发现有些许的滋养与温暖,这也全是你的,你尽量使吧!最初我听见人家诬蔑你的时候,我就热烈的对他们宣言,我说你们听着,先前我不认识她,我没有权利替她说话,现在我认识了她,我绝对的替她辩护,我敢说如其女人的心曾经有过纯洁的,她的就是一个。Her heart is as pure and unsoiled as any women's heart can be; and her soul as noble.

现在更进一层了，你听着这分别，先前我自己仿佛站得高些，我的眼是往下望的，那时我怜你惜你疼你的感情是斜着下来到你身上的，渐渐的我觉得我的看法不对，我不应该站得比你高些，我只能平看着你。我站在你的正对面，我的泪丝的光芒与你的泪丝的光芒针对的交换着，你的灵性渐渐的化入了我的，我也与你一样觉悟了一个新来的影响，在我的人格中四布的贯彻；——现在我连平视都不敢了，我从你的苦恼与悲惨的情感里憬悟了你的高洁的灵魂的真际，这是上帝神光的反映，我自己不由的低降了下去，现在我只能仰着头献给你我有限的真情与真爱，声明我的惊讶与赞美。不错，勇敢，胆量，怕什么？前途当然是有光亮的，没有也得叫他有。一个灵魂有时可以到最黑暗的地狱里去游行，但一点神灵的光亮却永远在灵魂本身的中心点着——况且你不是确信你已经找着了你的真归宿，真想望，实现了你的梦？来，让这伟大的灵魂的结合毁灭一切的阻碍，创造一切的价值，往前走吧，再也不必迟疑！

　　你要告诉我什么？尽量的告诉我，像一条河流似的尽量把他的积聚交给无边的大海，像一朵高爽的葵花，对着和暖的阳光一瓣瓣的展露她的秘密。你要我的安慰，你当然有我的安慰，只要我有我能给；你要什么有什么，我只要你做到你自己说的一句话——"Fight On"，即使运命叫你在得到最后胜利之前碰着了不可躲避的死，我的爱，那时你就死，因为死就是成功，就是胜利。一切有我在，一切有爱在。同时你努力的方向得自己认清，再不容丝毫的含糊，让步牺牲是有的，但什么事都有个限度，有个止境；你这样一朵希有的奇葩，决不是为一对不明白的父母，一个不了解的丈夫牺牲来的。你对上帝负有责任，你对自己负有责任，尤其你对于你新发现的爱负有责任，你已往的牺牲已经足够，你再不能轻易糟蹋一分半分的黄金光阴。人间的关系是相对的，应职也有个道理，灵魂是要救度的，肉体也不能永远让人家侮辱蹂躏，因为就是肉体也是含有灵性的。

　　总之一句话：时候已经到了，你得 Assert your own personality。你的心肠太软，这是你一辈子吃亏的原因，但以后可再不能过分的含糊了，因为灵与肉实在是不能绝对分家的，要不然 Nora 何必一定得抛弃她的家，永别她的儿女，重新投入渺茫的世界里去？她为的就是她自己人格与性灵的尊严，侮辱与蹂躏是不应得容许的。且不忙慢慢的来，不必悲观，不必厌世，只要你抱定主意往前走，决不会走过头，前面有人等着你。以后信你得好好收藏起来，将来或许有用。——在你伸冤出气时的将来，但暂时切不可漏。切切！

一九二五年三月三日

我爱你朴素,不爱你奢华

> **❝** 爱是甘草,这苦的世界有了它就好上口了。**❞**

眉:

"幸福还不是不可能的",这是我最近的发现。

今天早上的时刻,过得甜极了。我只要你:有你我就忘却一切,我什么都不想什么都不要了,因为我什么都有了。与你在一起没有第三人时,我最乐。坐着谈也好,走道也好,上街买东西也好。厂甸我何尝没有去过,但哪有今天那样的甜法:爱是甘草,这苦的世界有了它就好上口了。眉,你真玲珑,你真活泼,你真像一条小龙。

我爱你朴素,不爱你奢华。你穿上一件蓝布袍,你的眉目间就有一种特异的光彩,我看了心里就觉着不可名状的欢喜。朴素是真的高贵。你穿戴整齐的时候当然是好看,但那好看是寻常的,人人都认得的,素服时的眉,有我独到的领略。

"玩物丧德,玩物丧志",这话的确有道理。

我恨的是庸凡,平常,琐细,俗;我爱个性的表现。

我的胸膛并不大,决计装不下整个或部分的宇宙。我的心河也不够深,常常有露底的忧愁。我即使小有才,决计不是天生的,我信是勉强来的;所以每回我写什么多少总是难产,我唯一的靠傍是刹那间的灵通。我不能没有心的平安,眉,只有你能给我心的平安。在你完全的蜜甜的高贵的爱里,我享受无上的心与灵的平安。

凡事开不得头,开了头便有重复,甚至成习惯的倾向。在恋中人也得提防小漏缝儿,小缝儿会变大窟窿,那就糟了。我见过两个相爱的人因为小事情误会斗口,结果只有损失,没有利益。我们家乡俗谚有"一天相骂十八头,夜夜睡在一横头",意思说是好夫妻也免不了吵。我可不信,我信合理的生活,动机是爱,知识是南针;爱的生活也不能纯粹靠感情,彼此的了解是不可少的。爱是帮助了解的力,了解是爱的成熟,最高的了解是灵魂的化合,那是爱的圆满功德。

没有一个灵性不是深奥的,要懂得真认识一个灵性,是一辈子的工作。这功夫越下越有味，像逛山似的，唯恐进得不深。

眉，你今天说想到乡间去过活，我听了顶欢喜，可是你得准备吃苦。总有一天我引你到一个地方，使你完全转变你的思想与生活的习惯。你这孩子其实是太娇养惯了！我今天想起丹农雪乌的《死的胜利》的结局；但中国人，哪配！眉，你怕死吗？眉，你怕活吗？活比死难得多！眉，老实说，你的生活一天不改变，我一天不得放心。但北京就是阻碍你新生命的一个大原因，因此我不免发愁。

我从前的束缚是完全靠理性解开的；我不信你的就不能用同样的方法。万事只要自己决心；决心与成功间的是最短的距离。

往往一个人最不愿意听的话，是他最应得听的话。

摩
1925 年 8 月 9 日

只想陪你一起吃苦

> 我人虽走,我的心不离开你,要知道在我与你的中间有的是无形的精神线,彼此的悲欢喜怒此后是会相通的。

龙龙:

我的肝肠寸寸地断了,今晚再不好好地给你一封信,再不把我的心给你看,我就不配爱你,就不配受你的爱。我的小龙呀,这实在是太难受了,我现在不愿别的,只愿我伴着你一同吃苦——你方才心头一阵阵地作痛,我在旁边只是咬紧牙关闭着眼替你熬着。龙呀,让你血液里的讨命鬼来找着我吧,叫我眼看着你这样生生地受罪,我什么意念都变了灰了!你吃现鲜鲜的苦是真的,叫我怨谁去?

离别当然是你今晚纵酒的大原因,我先前只怪我自己不留意,害你吃成这样,但转想你的苦,分明不全是酒醉的苦，假如今晚你不喝酒，我到了相当的时刻得硬着头皮对你说再会，那时你就会舒服了吗？再回头受逼迫的时候，就会比醉酒的病苦强吗？咳，你自己说得对，顶好是醉死了完事，不死也得醉，醉了多少可以自由发泄，不比闷死在心窝里好吗？所以我一想到你横竖是吃苦，我的心就硬了。我只恨你不该留这许多人一起喝，人一多就糟，要是单是你与我对喝，那时要醉就同醉，要死也死在一起，醉也是一体，死也是一体，要哭让眼泪合成一起，要心跳让你我的胸膛贴紧在一起，这不是在极苦里实现了我们向往的极乐，从醉的大门走进了大解脱的境界，只要我们灵魂合成了一体，这不就满足了我们最高的想望吗？

啊！我的龙，这时候你睡熟了没有？你的呼吸调匀了没有？你的灵魂暂时平安了没有？你知不知道你的爱正含着两眼热泪在这深夜里和你说话，想你，疼你，安慰你，爱你？我好恨呀，这一层的隔膜，真的全是隔膜，这仿佛是你淹在水里挣扎着要命，他们却掷下瓦片石块来算是救渡你。我好恨呀！这酒的力量还不够大，方才我站在旁边我是完全准备了的，我知道我的龙儿的心坎儿只嚷着："我冷呀，我要他的热胸膛偎着我；我痛呀，我要我的他搂着我；我倦呀，我要在他的手臂内得到我最向往的安息与舒服！"——但是实际上我只能在旁边站着看,我稍微一帮助就受人干涉,意思说:"不劳费心,这不关你的事,请你早去休息吧,她不用你管!"哼,你不用我管!我这难受,你大约也有些觉着吧!

方才你接连了叫着,"我不是醉,我只是难受,只是心里苦",你那话一声声像是钢铁锥子刺着我的心:愤、慨、恨,急得各种情绪就像潮水似的涌上了心头。那时我就觉得什么都不怕,勇气像天一般的高,只要你一句话出口什么事我都干!为你我抛弃了一切,只是本分为你我,还顾得什么性命与名誉——真的假如你方才说出了一半句着边际、着颜色的话,此刻你我的命运早已变定了方向都难说哩!

你多美呀,我醉后的小龙,你那惨白的颜色与静定的眉目,使我想象起你最后解脱时的形容,使我觉着一种逼迫赞美崇拜的激震,使我觉着一种美满的和谐——龙,我的至爱,将来你永诀尘俗的俄顷,不能没有我在你的最近的边旁,你最后的呼吸一定得明白报告这世间你的心是谁的,你的爱是谁的,你的灵魂是谁的!龙呀,你应当知道我是怎样地爱你,你占有我的爱、我的灵、我的肉、我的"整个儿"。永远在我爱的身旁旋转着,永久的缠绕着,真的龙龙,你已经激动了我的痴情。我说出来你不要怕,我有时真想拉你一同死去,去到绝对的死的寂灭里去实现完全的爱,去到普遍的黑暗里去寻求唯一的光明——咳，今晚要是你有一杯毒药在近旁，此时你我竟许早已在极乐世界了。说也怪，我真的不沾恋这形式的生命，我只求一个同伴，有了同伴我就情愿欣欣地瞑目；龙龙，你不是已经答应做我永久的同伴了吗？我再不能放松你，我的心肝，你是我的，你是我这一辈子唯一的成就，你是我的生命，我的诗。你完全是我的，一个个细胞都是我的——你要说半个不字叫天雷打死我完事。

　　我在十几个钟头内就要走了，丢开你走了，你怨我忍心不是？我也自认我这回不得不硬一硬心肠，你也明白我这回去是我精神的与知识的"散拿吐瑾"（注：一种营养药）。我受益就是你受益，我此去得加倍地用心，你在这时期内也得加倍的奋斗，我信你的勇气，这回就是你试验、实证你勇气的机会，我人虽走，我的心不离开你，要知道在我与你的中间有的是无形的精神线，彼此的悲欢喜怒此后是会相通的，你信不信？（身无彩凤双飞翼，心有灵犀一点通。）我再也不必嘱咐，你已经有了努力的方向，我预知你一定成功，你这回冲锋上去，死了也是成功！有我在这里，阿龙，放大胆子，上前去吧，彼此不要辜负了，再会！

摩　三月十日早三时

我不愿意替你规定生活，但我要你注意缰子一次拉紧了是松不得的，你得咬紧牙齿暂时对一切的游戏娱乐应酬说一声再会，你干脆的得谢绝一切的朋友。你得彻底的刻苦，你不能纵容你的 Whims（注：意为"幻想；胡思乱想"），再不能管闲事，管闲事空惹一身骚。也再不能发脾气。记住，只要你耐得住半年，只要你决意等我，回来时一定使你满意欢喜，这都是可能的。天下没有不可能的事——只要你有信心，有勇气，腔子里有热血，灵魂里有真爱。龙呀！我的孤注就押在你的身上了！

再如失望，我的生机也该灭绝了。

最后一句话：只有 S 是唯一有益的真朋友。

三月十日早

我愿意从此跟你往高处飞，往明处走

> 66 我要往前走，不管前面有几多的荆棘，我一定直着脖子走，非到筋疲力尽我决不回头的。99

陆小曼 致 徐志摩

摩：

　　昨天才写完一信，T来了，谈了半天。他倒是个很好的朋友，他说他那天在车站看见我的脸吓一跳，苍白得好像死去一般，他知道我那时的心一定难过到极点了。他还说外边谣言极多，有人说我要离婚了，又有人说摩一定是不真爱我，若是真爱决不肯丢我远去的。真可笑，外头人不知道为什么都跟我有缘似的，无论男女都爱将我当一个谈话的好材料，没有可说也得想法造点出来说，真奇怪了。T也说现在是个很好的脱离机会，可是娘呢？咳，我的娘呀！你可害苦了我啦，我一生的幸福恐怕要为你牺牲了！

1. 陆小曼
2. 1960年,陆小曼手抄徐志摩诗《再别康桥》

　　摩,为你我还是拼命干一下的好,我要往前走,不管前面有几多的荆棘,我一定直着脖子走,非到筋疲力尽我决不回头的。因为你是真正地认识了我,你不但认识我表面,你还认清了我的内心,我本来老是自恨为什么没有人认识我,为什么人家全拿我当一个只会玩只会穿的女子;可是我虽恨,我并不怪人家,本来人们只看外表,谁又能真生一双妙眼来看透人的内心呢?受着的评论都是自己去换得来的,在这个黑暗的世界有几个是肯拿真性灵透露出来的?像的?像我自己,还不是一样成天埋没了本性以假对人的么?只有你,摩!第一个人能从一切的假言假笑中看透我的真心，认识我的苦痛，叫我怎能不从此收起以往的假而真正的给你一片真呢！我自从认识了你，我就有改变生活的决心，为你我一定认真地做人了。

　　因为昨晚一宵苦思，今晨又觉满身酸痛，不过我快乐，我得着了一个全静的夜。本来我就最爱清静的夜，静悄悄只有我一个人，只有滴答的钟声做我的良伴，让我爱做什么就做什么，不论坐着、睡着、看书，都是安静的，在无聊时耽着想想，做不到的事情，得不着的快乐，只要能闭着眼像电影似的一幕幕在眼前飞过也是快乐的，至少也能得着片刻的安慰。昨晚我想你，想你现在一定已经看得见西伯利亚的白雪了，不过你眼前虽有不容易看得到的美景，可是你身旁没有了陪伴你的我，你一定也同我现在一般地感觉着寂寞，一般心内叫着痛苦的罢！我从前常听人言生离死别是人生最难忍受的事情，我老是笑着说人痴情，谁知今天轮到了我身上，才知道人家的话不是虚的，全是从痛苦中得来的实言，我今天才身受着这种说不出叫不明的痛苦，生离已经够受的了，死别的味儿想必更不堪设想罢。

　　回家去陪娘去看病，在车中我又探了探她的口气，我说照这样的日子再往下过，我怕我的身体上要担受不起了。她倒反说我自寻烦恼，自找痛苦，好好的日子不过，一天到晚只是去模仿外国小说上的行为，讲爱情，说什么精神上痛苦不痛苦，那些无味的话有什么道理。本来她在四十多年前就生出来了，我才生了二十多年，二十年内的变化与进步是不可计算的，我们的思想当然不能符合了。她们看来夫荣子贵是女子的莫大幸福，个人的喜，乐，哀，怒是不成问题的，所以也难怪她不能明了我的苦楚。

本来人在幼年时灌进脑子里的知识与教育是永不会迁移的，何况是这种封建思想与礼教观念更不容易使她忘记。所以从前多少女子，为了怕人骂，怕人背后批评，甘愿自己牺牲自己的快乐与身体，怨死闺中，要不然就是终身得了不死不活的病，呻吟到死。这一类的可怜女子，我敢说十个里面有九个是自己明知故犯的，她们可怜，至死还不明白是什么害了她们。

摩！我今天很运气能够遇着你，在我不认识你以前，我的思想，我的观念，也同她们一样，我也是一样的没有勇气，一样的预备就此糊里糊涂地一天天往下过，不问什么快乐什么痛苦，就此埋没了本性过它一辈子完事的；自从见着你，我才像乌云里见了青天，我才知道自埋自身是不应该的，做人为什么不轰轰烈烈地做一番呢？我愿意从此跟你往高处飞，往明处走，永远不再自暴自弃了。

三月二十二日

耐心等待命运的安排

> **❝** 世界上还有像你这样纯粹的人呢，你为什么会这样地不同呢？**❞**

好，这一下有十几天没有亲近你了，吾爱，现在我又可以痛痛快快地来写了。前些日因为接不着你的信，他又在家，我心里又烦，就又忘了你的话，每天只是在热闹场中去消磨时候，不是东家打牌就是出外跳舞，有时精神萎顿下来也不管，摇一摇头再往前走，心里恨不得从此消灭自身，眼前又一阵阵地糊涂起来，你的话，你的劝告也又在耳边打转身了。有时娘看得我有些出了神似的就逼着我去看医生，碰着那位克利老先生又说得我的病非常地沉重，心脏同神经都有了十分的病。因此父母为我又是日夜不安，尤其是伯伯每天跟着我像念经似的劝，叫我不能再如此自暴自弃，看了老年人着急的情形，我便只能答应吃药。可笑！药能治我的病么？再多吃一点也是没有用的，心里的病医得好么？一边吃药，一边还是照样地往外跑，结果身体还是敌不过，没有几天就真正病倒在床上了。这一来也就不得不安静下来，药也不能不吃了。还好，在这个时候我得着了你的安慰，你一连就来了四封信，他又出了远门，这两样就医好了我一半的病，这时候我不病也要求病了；因为借了病的名字我好一个人静静地睡在床上看信呀！摩！你的信看得我不知道蒙了被哭了几次，你写得太好了，太感动我了，今天我才知道世界上的男人并不都是像我所想象那样的，世界上还有像你这样纯粹的人呢，你为什么会这样地不同呢？

摩！我现在又后悔叫你走了，我为什么那样地没有勇气，为什么要顾着别人的闲话而叫你去一个人在冰天雪地里过那孤单的旅行生活呢？这只能怪我自己太没有勇气，现在我恨不能丢去一切飞到你的身边来陪你。我知道你的苦，摩，眼前再有美景也不会享受的了。咳！我的心简直痛得连话都说不出来了，这样的日子等不到你回来就要完的。这几天接不着你的信已经够害得我病倒，所以只盼你来信可以稍得安心，谁知来了信却又更加上几倍的难受。这一忽儿几百支笔也写不出我心头的乱，什么味儿自己也说不出，只觉得心往上钻，好像要从喉管里跳出来似的，床上再也睡不住了，不管满身热得多厉害，我也再按止不住了，在这深夜里再不借笔来自己安慰自己，我简直要发疯了。摩，你再不要告诉我你受了寒的话罢；你不病已经够我牵挂的了，你若是再一病那我是死定了。我早知道你是不会自己管自己的，所以临行时我是怎样叮咛你的，叫你千万多穿衣服，不要在车上和衣睡着，你看，走了不久就着凉了。你不知道过西伯利亚时候够多冷，虽然车里有热气，你只要想薄薄的一层玻璃哪能挡得住成年不见化的厚雪的寒气。你为什么又坐着睡着呢？这不是活活急死我么？受了一点寒还算运气，若是变了大病怎么办？我又不能飞去，所以只能你自己保重啊。

你也不要怨了，一切一切都是命，我现在看得明白极了，强求是无用，还是忍着气，耐着心等命运的安排罢。有那么一天等天老父一看见了我们在人间挣扎的苦况，哀怜的叫声，也许能叫动他的怜恤心给我们相当的安慰，到那时我们才可以吐一口气了！现在纵然是苦死也是没有用的，有谁来同情你？有哪一个能怜恤你？还不如自认了罢。人要强命争气是没有用的，只要看我们现在一隔就是几千里，谁叫谁都叫不着，想也是枉然。一个在海外惆怅，一个在闺中呻吟，你看！这不是命运么？这难道不是老天的安排？这不是他在冥冥中使开他那蒲扇般的大手硬生生地撕开我们么？柔弱的我们，哪能有半点倔强？不管心里有多少的冤屈，事实是会有力量使得你服服帖帖地违背着自己的心来做的。这次你问心是否愿意离着我远走的，我知道不是！谁都能知道你是勉强的，不过你看，你不是分明去了么？我为什么不留你？为什么会甘心地让你听了人家的话而走呢？为什么我们两人没有决心来挽回一切？我心里分明口口声声地叫你不要走，可是你还不是照样地走了！你明白不？天意如此，就是你有多大的力量也挽回不转的。所以我一到愁闷得无法自解的时候，就只好拿这个理由来自骗了。

现在我一个人静悄悄地独坐在书桌前，耳边只听见街上一声两声的打更声，院子里静得连风吹树叶的声音都没有，什么都睡了，为什么我放着软绵绵的床不去睡，别人都一个个正浓浓地做着不同的梦，我一个人倒肯冷清清地呆坐着呢？为谁？怨谁？摩，只怕只有你明白罢！我现在一切怨、恨、哀、痛，都不放在心里，我只是放心不下你，我闭着眼好像看见你一个人和衣耽在车厢里，手里拿了一本书，可是我敢说你是一句也没有看进去，皱着眉闭着眼的苦想，车声风声大得也分不出你我，窗外是黑得一样也看不出，车里虽有暗暗的一支小灯，可也照不出什么来。在这样惨淡的情形下，叫你一个人去受，叫我哪能不想着就要发疯？摩！我害了你，事到如今我也明知没有办法的了，只好劝你忍着些罢；你快不要独自惆怅，你快不要让眼前风光飞过，你还是安心多作点诗多写点文章罢，想我是免不了的。我也知道，在我们现在所处的地位，彼此想要强制着不想是不可能的，我自己这些日子何尝不是想得你神魂颠倒。虽然每天有意去寻事做，想减去想你的成分，结果反做些遭人取笑的举动使人家更容易看得出我的心有别思，只要将我比你，我就知道你现在的情形是怎样的。别的话也不用说了，摩，忍着罢！我们现在是众人的俘虏了，快别乱动，一动就要招人家说笑的，反正我这一面由我尽力来谋自由，一等机会来了我自会跳出来,只要你耐心等着不要有二心。

　　我今天提笔的时候是满心云雾，包围得我连光亮都不见了，现在写到这里，眼前倒像又有了希望，心底里的彩霞比我台前的灯光还亮，满屋子也好像充满了热气使人遍体舒适。摩！快不用惆怅，不必悲伤，我们还不至于无望呢！等着罢！我现在要去寻梦了，我知道梦里也许更能寻着暂时的安慰，在梦里你一定没有去海外，还在我身边低声的叮咛，在颊旁细语温存。是的，人生本来是梦，在这个梦里我既然见不着你，我又为什么不到那一个梦里去寻你呢？这一个梦里做事都有些碍手阻脚的，说话的人太多了，到了那一个梦里我相信你我一定能自由做我们所要做的事，决没有旁人来毁谤，再没有父母来干涉了！摩，要是我们能在那一个梦里寻得着我们的乐土，真能够做我们理想的伴侣，永远的不分离，不也是一样的么？我们何不就永远住在那里呢？咳！不要把这种废话再说下去了，天不等我，已经快亮了，要是有人看见我这样地呆坐着写到天明，不又要被人大惊小怪吗？不写了，说了许多废话有什么用处呢？你还是你，还是远在天边，我还是我，一个人坐在房里，我看还是早早地去睡罢！

　　　　　　　　　　　　　　　　四月十二日

你我的一段情缘,
只好到此为止

> **你要记住,走的不是我,我还是日夜地在你心边呢!我只走一个人,一颗热腾腾的心还留在此地等——等着你回来将它带去啊!**

　　昨晚苦思一宵,今晨决定去争闹,无论什么来都不怕,非达到目的不可,谁知道结果还是一样,现在又只剩我一个人大败而回。这一回是真绝望定了,我的力量也穷了。

　　我走去的时候是勇气百倍,预备拿性命来碰的,所以进内就对他们说,要是他们一定要逼我去的话,我立刻就死,反正去也是死,不过也许可以慢点,那何不痛快点现在就死了呢?这话他们听了一点也不怕,也不屈服,他们反说:"好的,要死大家一同死!"好,这一下倒使我无以下台。真死,更没有见你的机会,不死就要受罪,不过我心里是痛苦到万分,既然讲不明白我就站起来想走了。他们见我真下了决心倒又叫了我回去;改用软的法子来骗我,种种地解说,结果是二老对我双泪俱流地苦苦哀求。咳！可怜的他们！在他们眼光下离婚是家庭中最羞惭的事，儿女做了这种事，父母就没脸见人了，母亲说只要我允许再给他一个机会，要是这次前去他再待我不好，再无理取闹，自有他们出面与我离，决不食言，不过这次无论如何再听他们一次。直说得太阳落了山，眼泪湿了几条手帕，我才真叫他们给软化了。父母到底是生养我的，又是上了年纪；生了我这样的女儿已经不能随他们心，不能顺他们的志愿，岂能再害他们为我而死呢？所以我细细地一想，还是牺牲了自己罢！我们反正年轻，只要你我始终相爱，不怕将来没有机会。只是太苦了，话是容易讲的，只怕实行起来不知要痛苦到如何程度呢！我又是一身的病，有希望的日子也许还能多活几年，要是像现在的岁月，只怕过不了几个月就要萎颓下来了。

摩！我今天与你永诀了，我开始写这本日记的时候本预备从暗室走到光明，忧愁里变出欢乐，一直地往前走，永远地写下去，将来若是到了你我的天下时，我们还可以合写你我的快乐，到头发白了拿出来看，当故事讲，多美满的理想！现在完了，一切全完了，我的前程又叫乌云盖住了，黑暗暗的又不见一点星光。

摩！唯一的希望是盼你能在二星期中飞到，你我做一个最后的永诀。以前的一切，一个短时间的快乐，只好算是一场春梦，一个幻影，没有留下一点痕迹，可以使人们纪念的，只能闭着眼想想，就是我惟一的安慰了。从此我不知道要变成什么呢！也许我自己暗杀了自己的灵魂，让躯体随着环境去转，什么来都可以忍受，也许到不得已时我就丢开一切，一人跑入深山，什么都不要看见，也不要想，同没有灵性的树木山石去为伍，跟不会说话的鸟兽去做伴侣，忘却我自己是一个人，忘却世间有人生，忘却一切的一切。

摩！我的爱！到今天我还说什么？我现在反觉得是天害了我，为什么天公造出了你又造出了我？为什么又使我们认识而不能使我们结合？为什么你平白地来踏进我的生命圈里？为什么你提醒了我？为什么你来教会了我爱？爱，这个字本来是我不认识的，我是模糊的，我不知道爱也不知道苦，现在爱也明白了，苦也尝够了，再回到模糊的路上去倒是不可能了，你叫我怎么办？

我这时候的心真是碎得一片片地往下落呢！落一片痛一阵，痛得我连笔都快拿不住了，我好怨！我怨命，我不怨别人。自从有了知觉我没有得到过片刻的快乐，这几年来一直是忧忧闷闷地过日子，只有自从你我相识后，你教会了我什么叫爱情，从那爱里我才享受了片刻的快乐——一种又甜又酸的味儿，说不出的安慰！可惜现在连那片刻的幸福也没福再享受了。好了，一切不谈了，我今后也不再写什么日记，也不再提笔了。

现在还有一线的希望！就是盼你回来再见一面，我要拿我几个月来所藏着的话全盘的倒了出来，再加一颗满含着爱的鲜红的心，送给你让你安排，我只要一个没有灵魂的身体让环境去践踏，让命运去支配。

你我的一段情缘，只好到此为止了，此后我的行止你也不要问，也不要打听，你只要记住那随着别人走的是一个没有灵魂的人。我的灵魂还是跟着你的，你也不要灰心，不要骂我无情，你只来回地拿我的处境想一想，你就一定会同情我的，你也一定可以想象我现在心头的苦也许更比你重三分呢！

要是我们来不及见面的话，你也不要怨我，不是我忍心走，也不是我要走，我只是已经将身体许给了父母！我一切都牺牲了，我留给你的是这本破书，虽然写得不像话，可是字字是从我热血里滚出来的，句句是从心底里转了几转才流出来的，尤其是最后这两天！哪一字，哪一句不是用热泪写的？几次的写得我连字都看不清，连笔都拿不动，只是伏在桌上喘。我心里的痛也不用多说，我也不愿意多说，我一直是个硬汉，什么来都不怕，我平时最不爱哭，最恨流泪，可是现在一切都忍受不住了。

摩，我要停笔了，我不能再写下去了；虽然我恨不得永远地写下去，因为我一拿笔就好像有你在边儿上似的，永远地写就好像永远与你相近一般，可是现在连这唯一的安慰都要离开我了。此后"安慰"二字是永远不再会跑上我的身了，我只有极大地加速前跑；走最近的路——最快的路——往老家走罢，我觉得一个人要毁灭自己是极容易办得到的。我本来早存此念的：一直到见着你才放弃。现在又回到从前一般的境地去了。

此后我希望你不要再留恋于我，你是一个有希望的人，你的前途比我光明得多，快不要因我而毁坏你的前途，我是没有什么可惜的，像我这样的人，世间不知要有多少，你快不要伤心，我走了，暂时与你告别，只要有缘也许将来会有重见天日的一天，只是现在我是无力问闻。我只能忍痛地走——走到天涯地角去了。不过——你不要难受，你要记住，走的不是我，我还是日夜地在你心边呢！我只走一个人，一颗热腾腾的心还留在此地等——等着你回来将它带去啊！

七月十七日

愿魔鬼保佑我们,因为他比上帝可爱一些。

朱生豪致
宋清如

朱生豪与宋清如

他是一个沉默寡言的翻译家,以性格内向为人熟知。他曾这么形容自己:"跟别人在一起的时候,我总是格外厌世。"这位翻译家就是朱生豪。有人说,朱生豪的一生就干过两件事:翻译《莎士比亚全集》、给宋清如写情书。他一生给她写了五百四十多封情书。

朱生豪出生于浙江嘉兴的一个商人家庭,儿时生活非常富足,但就在他十岁那年,母亲突然病逝,留下兄弟三人相依为命。所幸朱生豪成绩优秀,中学毕业后,他被保送到杭州之江大学。大学期间,他参加了"之江诗社",社长夏承焘老师评价朱生豪的作品"爽利无比",他说道:"其人今年才二十岁,渊默若处子,轻易不发一言。闻英文甚深,之江办学数十年,恐无此不易之才也。"

1933年,朱生豪从之江大学毕业,后来去上海世界书局英文部担任编辑,主要是翻译编辑英汉词典,但他觉得无趣。两年后,朱生豪开始翻译莎士比亚的戏剧,他的译文有着极高的艺术水准,这让他从中获得了了很多乐趣,并决心将此作为终身事业,从此一发不可收拾。当他沉迷于莎士比亚作品的世界里,他的生命中也迎来了一道光。这光芒,便是宋清如。

1932年,在一次"之江诗社"的活动中,朱生豪第一次见到了同在之江大学的宋清如。她拿着她写的新体诗,朱生豪的同学彭重熙把她的诗拿给朱生豪看,他只默默阅读,并不说话。宋清如有些沮丧,以为是自己诗写得不好。没想到三天后,她收到朱生豪的一封信,里面附有三首新体诗,请她指正。宋清如很开心,立刻回信。两人顿觉相见恨晚,随后就开始书信往来。朱生豪虽内向腼腆,但写起情书来令人拍案叫绝。那些情书里美好的词句,哪怕时隔多年,也会随着岁月流淌下来,绵延到人们心中。"醒来觉得甚是爱你。""我想要在茅亭里看雨、假山边看蚂蚁,看蝴蝶恋爱,看蜘蛛结网,看水,看船,看云,看瀑布,看宋清如甜甜地睡觉。"朱生豪的情书被人们一字一顿地念出来的时候,无不让人心生感慨:一个不善言谈的翻译家写出如此诗句,他对宋清如的爱意该是多么刻骨而悠长。

朱生豪在情书中对宋清如有无数甜蜜至极的爱称，比如祖母大人、傻丫头、无比的好人、妞妞、宝贝、清如贤弟、小鬼、昨夜的梦、宋神经、你这个人、女皇陛下……朱生豪将所有美好的称呼都用上，似得了一件稀世珍宝。朱生豪给自己信末的落款署名更是百花齐放：你脚下的蚂蚁、伤心的保罗、快乐的亨利、丑小鸭、吃笔者、阿弥陀佛、和尚、绝望者、蚯蚓、老鼠、堂·吉诃德、罗马教皇、伊凡叔父、小三麻子、魔鬼的叔父、哺乳类脊椎动物之一、臭灰鸭蛋、牛魔王等。他称自己为"宋清如至上主义者"。

在如此热烈的情感碰撞下，两颗无畏的心慢慢靠近。1942年，经过十年的爱情长跑，两人终于成婚。婚礼上，一代词宗夏承焘为新婚伉俪的朱生豪夫妇题下八个大字："才子佳人，柴米夫妻。"

在此后的岁月里，朱生豪继续翻译莎士比亚的作品，沉浸在文字的世界里，生活的担子就全落在了宋清如的身上，宋清如自己也曾说道："他译莎，我烧饭。"非但如此，经济紧张的时候她还去帮工挣钱贴补家用。1943年，他们返回嘉兴定居，当时他们的生活极为困苦。即使在这样的环境下，朱生豪依旧没放弃自己热爱的翻译事业，朱生豪说道："饭可以不吃，莎剧不能不译。"

1944年6月，朱生豪被确诊肺结核，就此卧床不起，这才不得不中断翻译事业。随着病情日益严重，同年12月26日，朱生豪抛下妻子和刚满周岁的儿子，离开了人世，年仅三十二岁。

朱生豪虽然走了，但他的翻译事业远没有结束。朱生豪留下的那三十一部一百八十万字的手稿和怀里的孩子，就是宋清如活下去的使命。最终，1947年，朱生豪翻译的莎士比亚作品得以陆续出版。

醒来觉得甚是爱你

> 你这人,有点太不可怕。尤其是,一点也不莫明其妙。

昨夜我看见郑天然①向我苦笑。你被谁吹大了,皮肤像酱油一样,样子很不美,我说,你现在身体很好了,说这句话,心里甚为感动,想把你抱起来高高的丢到天上去。醒来觉得甚是爱你。

这两天我很快活,而且骄傲。

你这人,有些太不可怕。尤其是,一点也不莫明其妙。

朱

①朱生豪的同学兼好友

朱生豪致宋清如书信手迹

我只以为我会永远欢喜你的

> **" ** 我只要你稍为有点欢喜我，就已心满意足了。**"**

青女：

　　我不很快乐，因为你不很爱我。但所谓不很快乐者并不等于不快乐，正如不很爱我不等于不爱我一样。而且一个人有时是"不很"知道自己的，也许我以为我爱你，其实我并不爱你；也许你以为不很爱我，其实很爱我也说不定，因此这一切不必深究。如果你不接受我的欢喜，你把它丢了也得，我不管。因为如果你把"欢喜"还给我，那即是说你也得欢喜我，我知道你是不肯怎样很欢喜我的。你以为你很不好也吧，我只以为你是很好的。你以为将来我会不欢喜你也吧，我只以为我会永远欢喜你的。这种话空口说说不能令人相信，到将来再看吧。我希望我们能倒转活着，先活将来，后活现在，这样我可以举实在的凭据打倒你对我的不信任。

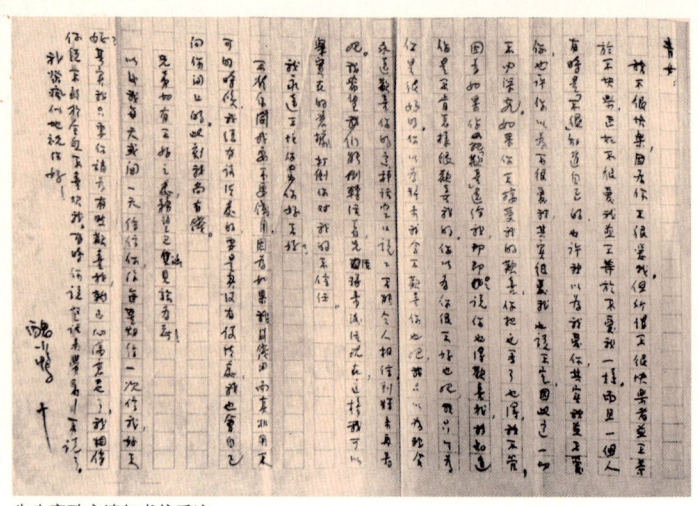

朱生豪致宋清如书信手迹

我永远不恨你骂你好不好？

不准你问我要不要钱用，因为如果我没钱用而真非用不可的时候，我总有设法处的。要是真没有设法处，我也会自己向你开口的。此刻我尚有钱。

兄弟如有不好之处，务望包涵见谅为荷！

以后我每天或间一天给信你，你每星期给一次信我，好不好？其实我只要你稍为有点欢喜我，就已心满意足了，我相信你终不至于全然不喜欢我，有时你说起话来带着——不说了。

我发疯似地祝你好！

丑小鸭

金鼠牌的星期日节目

> "你要不要我待你好？"

清如我儿：

你不给我信是不行的。

今天的节目：

1. 起身（九点钟）。

2. 吃粥。

3. 看报。

4. 写信——给你的。

5. 看小说，——完毕 Galsworthy 的 In Chancery，此翁的文字清淡得很。

6. 吃中饭——鸡。

7. 出门。

8. 卡尔登看电影——捷克斯拉夫出品，"Symphony of Love"，又名"Ecstacy"，因为广告上大登非常性感，故观者潮涌，尤多"小市民群"，其实该片还是属于高级的一类，虽是以性欲为题材，却并无色情趣味，至于描写得较露骨的部份当然早已剪去。摄影好音乐好，导演处置纤细但嫌薄弱，表演平平，看后印象不深刻。

9. 四马路买过期廉价漫画杂志数本。

10. 回家。

11. 吃晚饭。

12. 作夜工三小时。

13. 写信。

14. 睡（十二点半）。

你要不要我待你好？

金鼠牌　星期日

我姓洪，名水，字淡如

> **❝** 要是有那么一个好地方，我们在一起静坐半天多好。每天每天看不见你，真使我心痛。**❞**

姊姊：

我叫你姊姊你难不难为情？

为着想你得很，我没有心思工作，先写了这封信再说。《鲁滨孙漂流记》真比莎士比亚还难翻，又没趣味又单调，又要一个个字对照着译。

这几天来我也心思很不安定，人倦得睡不醒来，也许是你传染给我的毛病。

昨夜我梦见天上有许多月亮，大的小的圆的缺的，很好看，我叫你看，你却不要看，并且硬要争辩蛾眉月的"蛾"是一种蝎子，我气得想要擂你一顿。

朱生豪致宋清如

朱生豪致宋清如书信手迹

想来想去还是亚当夏娃最快乐，虽然逐出了伊甸园，整个世界都是属于他们的，等到第二代，该隐就要杀亚伯了，因此合理的世界，只能有两个人，不多也不少。

我希望你不要苦，要是你受了委屈，就向我出出气好了。

昨天在外面荡了一天，一点不快活，我真想吃点真好吃的东西。星期日你是怎样过过的？

要是有那么一个好地方，我们在一起静坐半天多好。每天每天看不见你，真使我心痛。

我待你好。

淡如　十四

（我姓洪，名水，字淡如好不好？）

我不准你比我大

> **❝** 你在古时候一定是很笨很不可爱的，这我很能相信，因为否则我将伤心不能和你早些认识。**❞**

小妹妹：

你那里下雪，我这里可是大晴天。如果你肯来上海，那么我就不来杭州了，我最怕到杭州来的理由是要拜望老师。而且到十五六里，我的钱又要用得差不多了。

我不准你比我大，至少要让我大你一岁或三个月。要是你真比我大，那么我从今后每年长两岁，总会追及你。明天起我就自认廿五岁，到秋天我再变成廿六岁。其实我愿意我的年纪从遇见你以后才正式算起，一九三三年的秋天是我一岁的开始，生日待考，自从我们离别以后，我把每个月算作一年（如果照古老话一日三秋，那是太过分些），如是到现在约已有三十个月，因此我现在已

朱生豪致宋清如书信手迹

满三十一岁。凡未认识你以前的事，我都愿意把它们编入古代史里去。

你在古时候一定是很笨很不可爱的，这我很能相信，因为否则我将伤心不能和你早些认识。我在古时候有时聪明有时笨，在第十世纪以前我很聪明，十世纪以后笨了起来，十七八世纪以后又比较聪明些，到了现代又变笨了。

我从来不曾爱过一个人像爱你那样的，这是命定的缘法，我相信我并不是不曾见过女孩子。你真爱不爱我呢？你不爱我，我要伤心的，我每天凄凄惶惶的想你。我讨厌和别人在一起，因为如果我不能和你在一起，我宁愿和自己在一起。

暂时搁笔，你笑我傻也随你。愿魔鬼保佑我们，因为他比上帝可爱一些。

伊凡叔父

看宋清如甜甜地睡觉

> **❝** 我想要在茅亭里看雨、假山边看蚂蚁，看蝴蝶恋爱，看蜘蛛结网，看水，看船，看云，看瀑布，看宋清如甜甜地睡觉。**❞**

我想要在茅亭里看雨、假山边看蚂蚁，看蝴蝶恋爱，看蜘蛛结网，看水，看船，看云，看瀑布，看宋清如甜甜地睡觉。

我觉得我已跟残废的人差不多了，五官（想来想去只有四官，眼耳口鼻之外，还有那一官不知是简任官还是特任官）都已毁损，眼睛的近视在深起来，鼻子的左孔常出鼻血，左耳里面近来就睡时总要像风车一样哄隆哄隆搗了一阵，嘴里牙齿又有毛病，真是。

一切兴味索然，活下去全无指望，横竖顶多也不过再有十年好活，我真不想好好儿做人，恨起来简直想把自己狠狠地糟蹋一阵。

我希望世上有两个宋清如

> ❝ 为什么我一想起你来，你总是那么小，小得可以藏在衣袋里？❞

好：

　　我希望世上有两个宋清如，我爱第一个宋清如，但和第二个宋清如通着信，我并不爱第二个宋清如，我对第二个宋清如所说的话，意中都指着第一个宋清如，但第一个宋清如甚至不知道我的存在。要你知道我爱你，真是太乏味的事，为什么我不从头开始起就保守秘密呢？

　　为什么我一想起你来，你总是那么小，小得可以藏在衣袋里？我伸手向衣袋里一摸，衣袋里果然有一个宋清如，不过她已变成一把小刀（你古时候送给我的）。

　　我很悲伤，因为知道我们死后将不会在一起，你一

朱生豪致宋清如书信手迹

定到天上去无疑,我却已把灵魂卖给魔鬼了,不知天堂与地狱之间,许不许通信。

我希望悄悄地看见你,不要让你看见我,因为你不愿意看见我。

我寂寞,我无聊,都是你不好。要是没有你,我不是可以写写意[1]地自杀了吗?

想来你近来不曾跌过跤?昨天我听见你大叫一声。

假的，骗骗你。

愿你好好好好好好好。

米菲士都非勒斯[2]　十三

---

1 写写意意：嘉兴上海一带方言，意为舒舒服服。

2 米菲士都非勒斯（Mephistopheles），歌德著名诗剧《浮士德》中和浮士德做交易的魔鬼。现通译为"靡菲斯特"。

女皇陛下,臣稽首

> 太阳、月亮、火炉、钢笔、牛津简明字典,一起为我证明我对于你的忠心永无变更。

女皇陛下:

我希望你快些写信给我,好让我放心你已不恼我了。至少也得告诉我一声十个月不写信是从那一天算起,好让我自即日起伫颈期待它的满期。我很欣幸你恼我得并不彻底,否则你会说永远不再写信给我的。既然不是彻底的恼,那么最好还是索性不恼,因为恕人者最快乐,而我也将感恩不尽,永远纪念你的好处。我不愿说保证以后不再有这种事发生,因为也许为了空间的时间的、心理的生理的、物理的化学的、形而上的形而下的、物质的精神的、个人的社会的种种关系,仍旧会身难自主。叔本华说得好,"人类是环境之奴"(叔本华并没有说过这句肤浅的话，至少我不曾读过叔本华，不知道他曾说过这句话）也。但为了对你表示最大的忠诚与感激起见，总将竭力避免此等事件之再发生，倘不幸而力有未逮，则惟有等待挨骂一顿，之后复为君臣如初，此则私心之所企祷而无任拜悚者也。否则的话，我虽不至于幼稚过火得向你说"人生无趣，四大皆空，一切有为法，如梦幻泡影，Vanity, vanity, all is vanity（空虚，空虚，一切都是空虚），行将自杀以谢君"，当然也不至于 sophisticated 得喝香槟酒，搂舞女以消忧。但我这奇怪的我会无聊得狂吃东西，以至于生了胃病，是或有可能的。虽然也许现在你要咒我呕血，但真呕血之后，你一定要悔恨；同样你也决不真的希望我生胃病的是不是？太阳、月亮、火炉、钢笔、牛津简明字典，一起为我证明我对于你的忠心永无变更，不胜诚惶诚恐之至，臣稽首。

朱生豪致宋清如书信手稿

比你更好，即是不好

> 我不许任何人待我好，但你待不待我好全随你。

二姊已经睡得好好的了，小弟刚看卓别麟回来，胡闹得有趣。

雁歌暝归霞 楼凤惨瘗残
屏墨香尘老 轻灯舞往还
宿酒愁难却 旅尘染鬓寒
临江慵写黛 病却盼花残
素缕委尘白 软绡染水红
春归絮舞苦 花老燕飞慵
千里无情月 尚临别梦明
断魂残酒后 掩泪倚青灯
——拼字集句成四首

这玩意儿是我发明的，即是把一些诗词抄在纸上，然后一个一个字剪下来，随意把各字拼凑成一些不同的诗句，如上例。很费心思，你一定不耐烦试。然而我待你好。

廿八夜，爱丽儿。

我想要是世上有一个人，比你更要好得多，而且比你更爱我，那么我一定会忘了你的。不过那是谎话，如果真有那样一个人，我一定要咒诅那人，因为比你更好，即是不好。而且我为甚么要人爱我呢？你倘不待我好我也一样待你好，除了你之外，我不许任何人待我好，但你待不待我好全随你便。

如果我忘了你，你会不会"略为有一点"伤心呢？我知道你一定会说，"绝不！"为着这缘故，我更不肯忘了你，因为一个人如被人遗忘了而一点不伤心，这表示那忘记她的人对她会不值一个大，这是何等的侮辱呢。

朱生豪致宋清如书信手迹

莫名其妙的,日常我觉得我很难看,今天却美了一些。

你的鼻子有些笨相,太大一点,你试照照镜子看,你的眼睛最美,那么清澈而聪明,眉毛的表情也可爱。脸孔的全部轮廓,在沉静和愠怒时最好看,笑起来时,却有些凄惶相。是不是胡说呢?你的手跟你写的字一样太不文雅,不过仍然是女性的,令人怜疼,想要吻吻佢们。

廿九晨

打油诗三首

> **“** 三生应存约,一笑忆前盟。**”**

我爱宋清如,风流天下闻;
红颜不爱酒,秀颊易生氛。
冷雨孤山路,凄风苏小坟;
香车安可即,徒此挹清芬。

我爱宋清如,诗名天下闻;
无心谈恋爱,埋首写论文。
夜怕贼来又,晓嫌信到频;
怜余魂梦阻,旦暮仰孤芬。

我爱宋清如,温柔我独云;
三生应存约,一笑忆前盟。
莫道缘逢偶,信知梦有痕;
寸心怀夙好,常艺瓣香芬。

右打油诗三首

朱生豪致宋清如

朱生豪致宋清如打油诗三首

我所思兮在之江，
爱人赠我一包糖

> 如果我在想要读你的信时而读不到你的信，我便会怪你。不过你也可以不必管我的怪不怪你。我怪你有我怪你的自由，你写不出信有你写不出信的自由。

弟弟：

你写得出信写不出信我都不管，如果我在想要读你的信时而读不到你的信，我便会怪你。不过你也可以不必管我的怪不怪你。我怪你有我怪你的自由，你写不出信有你写不出信的自由。写信的目的是在自己不在别人，因此我并不要你向我尽写信的"义务"，虽则你如不给信我，我仍然要抱怨你的。而这抱怨，你可一笑置之。

曲子填得很像样，不过第二阕似有一二处不合律，如一天飞絮句，冻禽无声句。

朱生豪致宋清如

似乎我曾告诉你过我的诞辰，否则你不会说"忘了"，不过我也忘了我告诉过你的是哪一个日子，因为我的诞辰是随便的。闻诸故老传说，我生于亥年丑月戌日午时，以生肖论是猪牛狗马，一个很光荣的集团！据说那个日子是文昌日，因此家里一直就预备让我读书而不学生意。是为宣统三年十二月十五日，因为我不愿意把自己的生日放在废朝的岁暮，做一个亡清的遗婴，因此就把它改作民国元年二月二日，实际上这二个日子在一九一二年的日历上是同一个日子。不过我并不一定把这一天作为固定的生日，去年我在九月三十过生日，因为我觉得秋天比较好一些，那天天晴，又是星期日，我请吴大姐吃饭，她请我上大光明。之后她生了我气（是我的不好），后来大家虽仍客客气气，并不绝交，不过没有见过面。

　　你的生日大概在暮春或初夏之间是不是？我想你应该是属牛的，因为如果你属老虎，那将比我弟弟还要年轻几个月，有些说不过去，照理你应该比我还大些，不过这个我想还是怪我生得太早罢。作诗一首拟鲁迅翁：

　　　　我所思兮在之江，
　　　　欲往从之身无洋，
　　　　低头写信泪汪汪。
　　　　爱人赠我一包糖，

> 何以报之兮瓜子大王,
> 从此翻脸不理我,
> 不知何故兮吊儿郎当!

今天《申报》上标题《今日之教育家》的社评做得很好,他说今日学校之行政者不应因循怕事,徒为传达上司命令的机关,应当与学生步调一致,以争国家主权的完整,谈安心读书,此非其时,第一该先有可以安心读书的环境。我说这回的学生运动如果仍然被硬压软骗的方法消灭了去未免可惜,虽则事实上即使一时消灭了将来仍会起来的,但至少总要获得一些除欺骗以外更实在的结果。

我顶讨厌满口英文的洋行小鬼,如果果然能说得漂亮优美,像英国的上流人一样那倒也可以原谅,无奈不过是比洋泾浜稍为高明一点的几句普通话,有时连音都读不准确,我一连听见了几个 tree,原来他说的是 three。我也不懂为甚么取外国名字要取 Peter, John 一类的字,真要取外国名字,也该取得高雅些,古典式的或异教风的,至少也要拣略微生僻一些,为着好奇的缘故,这才是奴洋而不奴于洋。

女人最大的光荣在穿好的衣服,这是指一般而言。

我昨夜做梦，做的是你和 Sancho Panza（吉诃德先生的著名的从者）投义勇军的故事，你打扮得很漂亮，脂粉涂得很美，穿着一件绿袍子。你有些不大愿意入伍，想写好信请邮务局长盖印证明有病暂时请假，后来我说不要，我也从了军大家一起上前线吧。那个 Sancho Panza 这蠢小子，原是我的仆人，他在一个有芦席棚的院子内和许多人一起喝茶谈天，忽然有人来说你们这些人中应当推出二十个年富力强的人作为代表而加入义勇军，可怜的 Sancho 也在二十人之列，他本是个乐天和平的家伙，吓得屁滚尿流。

今天早上天已亮人已醒的时候，在枕上昏昏然做起梦来，梦见在一节火车里，有一个少年因受家庭压迫而逃出来，忽然跳上好几个持手枪的人来，勒令停车，逼这少年跟他们同回家去。正在这时候，娘姨端进面水来，我并不曾睡着，随随便便看了看表，已经八点半了，连忙起来，梦便不复做下去，可是很关心那少年不知是否终于屈服。这确实是个梦，并不是幻想，而且火车里的群众，少年的面貌，持枪者的衣服，起身的时候都还记得。

贵同乡徐融藻很客气向我贺年，你如高兴见了他为我谢谢。

虽然写不出甚么来了,总还想写些甚么似的,算了。我待你好。

　　　　　　　　　　　　叽哩咕噜　十二月卅

不要愁老之将至，
你老了一定很可爱

> 我愿意舍弃一切，以想念你终此一生。

昨天上午安乐园冰淇淋上市，可是下午便变成秋天，风吹得怪凉快的。今天上午，简直又变成冬天了。太容易生毛病，愿你保重。

昨夜梦见你、郑天然、郑瑞芬等，像是从前同学时的光景，情形记不清楚，但今天对人生很满意。

我希望你永远待我好，因此我愿意自己努力学好，但如果终于学不好，你会不会原谅我？对自己我是太失望了。

不要愁老之将至，你老了一定很可爱。而且，假如你老了十岁，我当然也同样老了十岁，世界也老了十岁，上帝也老了十岁，一切都是一样。

我愿意舍弃一切,以想念你终此一生。

所有的恋慕。

蚯蚓　九日

朱生豪致宋清如书信手迹

在梦里我离不开你，永远

> 只你我的友情存在一天，我便愿意生活一天。如果我有时快乐，那只是你美丽的光辉之返照。

清如：

凄惶地上了火车，殊有死生契阔之悲，这次，怕真是最后一次来之江了。颇思沉浸六个钟头的征途于悲哀里，但旋即为车厢内的嘈杂所乱，而只剩得一个徒然的空虚之怅惘了。八点多钟回到亭子间里，人平安。

你会不会以为我这次又是多事的无聊？我愧不能带给你一点美好的事物，并不能使自己符合你的期望。每次给你看的一个寒碜的灵魂，我实不能不悲哀自己的无望。我没有创造一个新命运的勇气，不，志愿，又不能甘心于忍耐。正同你说的，我惟蕲速死，但苦无死法，人生大可悲观。人云，难得糊涂，虽糊涂的骨子里实具有危险，我苦于不能糊涂。

　　但只你我的友情存在一天，我便愿意生活一天。如果我有时快乐，那只是你美丽的光辉之返照。我不能设想有一天我会失去你，那是卑劣的患得患失的心理，我知道。我相当地爱我每一个朋友以及熟识的人。可能的话，我也愿爱人生和举世一切的人，但我是绝对地爱你，我相信。我希望这不是一个盲目的冲动，我该不能再受感情的欺骗了。

　　这次给我一个极度美丽的记忆，我不能不向你致无量感激敬爱之忱。我害怕我终不会成为你的一个真的好朋友，因我是一个不好的人，但我愿意努力着，只要你不弃绝我。

　　谁知道我们以后还会不会见了！哀泣着的是这一个失去了春天的心。春天虽然去了，还能让它做着春天的梦吗？虽然是远隔着，在梦里我不愿离开你，永远。

　　愿你真的快乐，好人！

朱　十八夜

只有你是青天一样可羡

> 这里一切都是丑的，风、雨、太阳，都丑，人也丑，我也丑得很。只有你是青天一样可羡。

清如：

昨夜我做了一夜梦，做得疲乏极了。大概是第二个梦里，我跟你一同到某一处地方吃饭，还有别的人。那地方人多得很，你却不和我在一起，自管自一个人到里边吃去了。本来是吃饭之后，一同上火车，在某一个地方分手的。我等菜许久没来，进来看你，你却已吃好，说不等我要先走了，我真是伤心得很，你那样不好，神气得要命。

不过我想还是我不好，不应该做那样的梦，看你的诗写得多美，我真欢喜极了，几乎想抱住你不放，如果你在这里。

我想我真是不幸,白天不能睏觉,人像在白雾里给什么东西推着动,一切是茫然的感觉。我一定要吃糖,为着寂寞的缘故。

　　这里一切都是丑的,风、雨、太阳,都丑,人也丑,我也丑得很。只有你是青天一样可羡。

　　这里的孩子们学会了各色骂人的言语,十分不美,父母也不管。近来哥哥常骂妹妹泼婆。妹妹昨天说,你是大泼婆,我是小泼婆。一天到晚哭,闹架儿。

　　拉不长了,祝你十分好!六十三期的校刊上看见你的名字三次。

　　如果你要为我祝福,祝我每夜做一个好梦吧,让每一个梦里有一个你。

朱初三

不许你再叫我朱先生

> 否则我要从字典上查出世界上最肉麻的称呼来称呼你。

阿姊：

　　不许你再叫我朱先生，否则我要从字典上查出世界上最肉麻的称呼来称呼你。特此警告。

　　你的来信如同续命汤一样，今天我算是活转来了，但明天我又要死去四分之一，后天又将成为半死半活的状态，再后天死去四分之三，再后天死去八分之七……等等，直至你再来信，如果你一直不来信，我也不会完全死完，第六天死去十六分之十五，第七天死去三十二分之三十一，第八天死去六十四分之六十三，如是等等，我的算学好不好？

我不知道你和你的老朋友四年不见面，比之我和你四月不见面哪个更长远一些。

有人想赶译高尔基全集，以作一笔投机生意，要我拉集五六个朋友来动手，我一个都想不出。捧热屁岂不也很无聊？

你会不会翻译？创作有时因无材料或思想枯竭而无从产生，为练习写作起见，翻译是很有助于文字的技术的。

朱生豪致宋清如书信手迹

假如你的英文不过于糟,不妨自己随便试试。

我不知道世上有没有比我们更没有办法的人?

你前身大概是林和靖的妻子,因为你自命为宋梅。这名字我一点不喜欢,你的名字清如最好了,字面又干净,笔画又疏朗,音节又好,此外的都不好。清如这两个字无论如何写总很好看,像澄字的形状就像个青蛙一样。青树则显出文字学的智识不够,因为如树两字是无论如何不能谐音的。

人们的走路姿式,大可欣赏,有一位先生走起路来身子直僵僵,屁股凸起;有一位先生下脚很重,走一步路全身肉都震动;有一位先生两手反绑,脸孔朝天,皮鞋的历笃落,像是幽灵行走;有一位先生缩颈弯背,像要向前俯跌的样子;有的横冲直撞,有的摇摇摆摆,有的自得其乐;有一位女士歪着头,把身体一扭一扭地扭了过去,似乎不是用脚走的样子。

再说。

朱

萧红致萧军

萧红与萧军都是现代文坛上有名的作家，但鲜为人知的是，他们的爱情故事充满了常人难以想象的传奇色彩。萧红本名张迺莹，1911年出生于呼兰河畔一个乡绅家庭。她自小便向往自由，无奈却遭重重禁锢；她渴望真爱，却尝尽辛酸冷漠。

萧红儿时，家里为她安排了包办婚姻，她为了反对封建枷锁，背着家人前往北平读书。家人知道后断了她的经济供给，无奈之下，她只好找到了当年家里为她指定的未婚夫汪恩甲。汪恩甲不介意萧红当年的逃婚，收留了她，支持她继续完成学业。当汪恩甲花光了身上所有的积蓄时，两人陷入

1. 1934 年，萧红、萧军在离开哈尔滨前夕合影

2. 1935 年春，上海法租界万氏照相馆。萧军穿的是萧红手工制的礼服；童心未泯的萧红穿了件深蓝色"画服"，并在道具箱里捡出一只烟斗来"装蒜"

经济危机，萧红不得已又回到了哈尔滨。在一个旅馆里，她因为拖欠巨额房费被老板软禁在一个阴暗潮湿的储藏室。此时的萧红已经身怀六甲，然而汪恩甲早已不知去向。走投无路的萧红写信给当时《国际快报》的编辑裴馨园求助，裴馨园派人去探望萧红，而这个人，正是当时笔名为"三郎"的萧军。

与君初相识，犹如故人归。两人虽是第一次见面，却仿佛相识已久。萧红望着眼前这位她崇拜的作家"三郎"，个子不高，却眉宇间

萧红致萧军书信手迹

透露着英气。此时的萧红穷困落魄，身体因临近生产而浮肿，年轻的脸上写满了沧桑，但萧军依然从她眼中看到了一种年轻女子的灵气。

他们见面的第二晚，便在没有任何见证的情况下奋不顾身地在一起了。确是一见钟情，再见倾心。

不久之后，萧红产下一个女婴，但她做了一个铁石心肠的决定——抛弃了自己的孩子。尔后，他们住进了一个小旅馆，天冷入骨，他们连一床像样的被褥都没有，只能相互偎依取暖。在饥寒交迫中，萧军从未想过抛弃萧红，无论怎样困难，只要依偎在萧军的怀里，萧红就觉得心安。他们只要有一点收入，就会下馆子解解馋。二萧的性格皆是如此潇洒豪爽，正如二人的结合，今朝有酒今朝醉，明日愁来明日愁，来不及顾虑太多。

1932年，萧军找到了一份家庭教师的工作，二人虽不用再为房租发愁，却仍然在贫困中挣扎。地主家庭出身的萧红不会做家务，这段时间也学着生火、做饭、缝衣……在哈尔滨的大街上，经常能看到两人潇洒的身影：萧军系着黑色领结，拿着三角琴，萧红穿着花格子衬衫和裙子，二人琴瑟和鸣，边走边唱，好似不知疲惫的流浪歌者，在艰难的岁月中，苦中作乐，恣意歌唱。

当时，二萧的作品多为揭露日本在帝国主义压迫下的穷人的悲惨生活，引起了伪满当局的主意。二人逃离了哈尔滨，在上海，遇到了他们的人生导师——鲁迅。也是在写给鲁迅的信中，萧军第一次将这个名字作为笔名使用。为了夫唱妇随，萧红即起名"萧红"，二人的笔名合在一起有"小小红军"的意思。这或许就是世间最浪漫的表白：我的名字要跟着你的节拍。

然而，萧军是个非常大男子主义的人，萧红又是倔强、有主见的女子，她不甘心成为他人的附属品，两人的关系因此渐渐出现裂痕。1936年，两人决定分开一年的时间，彼此冷静一下。萧红东渡去了日本，萧军则前往青岛。在这期间,萧红仍旧深爱着萧军,即使相隔万里,也经常在创作之余鸿雁传书,寄托她对萧军的挂念。1937年,两人提前团聚,然而却并未因为久别而得到关系的修复,因此两人再次分开。

在与其他女人交往了一段时间之后,寂寥落寞的萧军突然发现自己其实已经离不开萧红,于是回到上海,再次回到萧红身边。这期间,二人着实度过了一段崭新的时光。他们把更多的精力用于文学创作,相互鼓励、交流,更像是并肩作战、志同道合的密友。但是好景不长,一位东北来的作家端木蕻良出现在二萧的生活中。他性情温和,但丝毫不掩饰自己对萧红的欣赏和赞美。

战火纷飞,在一次次的辗转中,二萧再次发生了分歧与争执。他们最终还是选择了分开。

萧红笑着对萧军说:"三郎,我们永远分手吧。"

萧军点点头:"好。"没有迟疑。

萧红就这样,怀着萧军的孩子,与端木蕻良举行了婚礼。这个孩子在出生后不久便不幸夭折了。

萧红与萧军虽然最终没有走在一起,但萧军对她的影响是不容忽视的。他带领萧红正式踏上了文学创作之路,改变了她接下来的人生。

时至今日,我们仍难以用简单的对与错来评价二人的感情。萧红大胆任性,富有主见,而萧军控制欲强,脾气暴躁。但即便如此,二人还是不顾一切地相爱了,并且走过了一段风雨同舟、互相扶持的日子。虽未能白头偕老,但都给予了彼此生命重大的影响,留下了浓墨重彩的一笔。而这些,最终也成就了彼此,成为各自身上组成他们自己的一部分。

我常常怀疑自己

> ❝ 正在口渴的那一刻，觉得口渴那个真理，就是世界上顶高的真理。❞

军：

昨天又寄一信，我总觉我的信都寄得那么慢，不然为什么已经这些天了还没能知道一点你的消息？ 其实是我个人性急而不推想一下邮便所必须费去的日子。

连这封信，是第四封了。我想那时候我真是为别离所慌乱了，不然又为什么写错了一个号数？就连昨天寄的这信，也写的是那个错的号数，不知可能不丢么？

我虽写信并不写什么痛苦的字眼，说话也尽是欢乐的话语,但我的心就像被浸在毒汁里那么黑暗，浸得久了，或者我的心会被淹死的，我知道这是不对，我时时在批判着自己，但这是情感，我批判不了。我知道炎暑是并不长久的,过了炎暑大概就可以来了秋凉。但明明是知道,明明又作不到。正在口渴的那一刻,觉得口渴那个真理,就是世界上顶高的真理。

既然那样我看你还是搬个家的好。

关于珂,我主张既然能够去江西,还是去江西的好,我们的生活还没有一定,他也跟着跑来跑去,还不如让他去安定一个时期,或者上冬,我们有一定了,再让他来。年青人吃点苦好,总比有苦留着后来吃强。

昨天我又去找周家一次,这次是宣武门外的那个桥,达智桥,二十五号也找到了,巧得很,也是个粮米店,并没有任何住户。

这几天我又恢复了夜里害怕的毛病,并且在梦中常常生起死的那个观念。

痛苦的人生啊！服毒的人生啊！

我常常怀疑自己或者我怕是忍耐不住了吧？我的神经或者比丝线还细了吧？

我是多么替自己避免着这种想头,但还有比正在经验着的还更真切的吗？我现在就正在经验着。

我哭，我也是不能哭。不允许我哭，失掉了哭的自由了。我不知为什么把自己弄得这样，连精神都给自己上了加锁了。这回的心情还不比去日本的心情，什么能救了我呀！上帝！什么能救了我呀！我一定要用那只曾经把我建设起来的那只手把自己来打碎吗？

　　祝好！

荣子
五月四日晚。

　　所有我们的书，若有精装请各寄一本来。

总算两个灵魂
和两根琴弦似的互相调谐过

> 在人生的路上,总算有一个时期在我的脚迹旁边,也踏着他的脚迹。

军:

我今天接到你的信就跑回来写信的,但没有寄,心情不好,我想你读了也不好,因为我是哭着写的,接你两封信,哭了两回。

这几天也还是天天到李家去,不过待不多久。

我在东安市场吃饭,每顿不到两毛,味极佳。羊肉面一毛钱一碗。 再加两个花卷,或者再来个炒素菜。共才是两角。可惜我对着这样的好饭菜,没能喝上一盅,抱歉。

六号那天也是写了一信,也是没寄。你的饮食我想

萧红致萧军

还是照旧，饼干买了没有？多吃点水果。

你来信说每天看天一小时会变成美人，这个是办不到的，说起来伤心，我自幼就喜欢看天，一直看到现在还是喜欢看，但我并没变成美人，若是真是，我又何能东西奔波呢？可见美人自有美人在。（这个话开玩笑也。）

奇是不可靠的，黑人来李家找我。这是她之所嘱。和李大太，我，三个人逛了北海。我已经是离开上海半月多了，心绪仍是乱绞，我想我这是走的败路。但我不愿意多说。

《海上述林》读毕，并请把《安娜可林娜》（注：现译作《安娜·卡列尼娜》）寄来一读。还有《冰岛渔夫》，还有《猎人日记》。这书寄来给洁吾读。不必挂号。若有什么可读的书，就请随掷来，存在李家不会丢失，等离上海时也方便。

我的长篇并没有计画，但此时我并不过于自责，如你所说："为了恋爱，而忘掉了人民，女人的性格啊！自私啊！"从前，我也这样想，可是现在我不了，因为我看见男子为了并不怎值得爱的女子，不但忘了人民，而且忘了性命。何况我还没有忘了性命，就是忘了性命也是值得呀！在人生的路上，总算有一个时期在我的脚迹旁边，也踏着他的脚迹。总算两个灵魂和两根琴弦似的互相调谐过。(这一句似乎有点特别高攀,故涂去。)

笔墨都买了,要写大字。但房子有是有,和人家住一个院不方便。至于立合同,等你来时再说吧!

祝你好!上帝给你健康!

荣子
五月九日

我的心又安然下来了

> **我很爱夜，这里的夜，非常沉静。**

均：

　　昨天和今天都是下雨，我上课回来是遇着毛毛雨，所以淋得不很湿，现在我有雨鞋了，但，是男人的样子，所以走在街上有许多人笑，这个地方就是如此守旧的地方，假若衣裳你不和她穿得同样，谁都要笑你，日本女人穿西装，啰里啰嗦，但你也必 得和她一样啰嗦，假若整齐一些， 或是她们没有见过的，人们就要笑。

　　上课的时间真是够多的，整个下半天就为着日语消费了去。今天上到第三堂的时候，我的胃就很痛，勉强支持过来了。这几天很凉了，我买了一件小毛衣(二元五)。将来再冷，我就把大毛衣穿上。我想我的衣裳一定可以支持到下月半。

你替我买给你自己的外套，回去就应该买。

我很爱夜，这里的夜，非常沉静，每夜我要醒几次的，每醒来总是立刻又昏的睡去，特别安静，又特别舒适。早晨也是好的，阳光还没晒到我的窗上，我就起来了。想想什么，或是吃点什么。这三两天之内，我的心又安然下来了。什么人什么命，吓了一下，不在乎。

孟有信来，说我回去吧！在这住有什么意思呢？

现在我一个人搭了几次高架电车，很快，并且还攒[①]洞，我觉得很好玩，不是说好玩，而说有意思。因为你说过，女人这个也好玩那个也好玩。上回把我丢了，因为不到站我就下来了，走出车站看看不对，那么往那里走呢？我自己也不知道，瞎走吧，反正我记住了我的住址。可笑的是华在的时候，告诉我空中飞着的大气球是什么商店的广告，那商店就离学校不远，我一看到那大球，就奔着去了。于是总算没有丢。

信写到此地，季刊来了。翻着看了半天，把那随笔二篇看了半天，其中很有情感，别无所取。

虹没有信来，你告诉他也不要来信了，别人也告诉不要来信了。

[①] 应为"钻"

这是你在青岛我给你的末一封信。再写信就是上海了。船上买一点水果带着，但不要吃鸡子，那东西不消化。饼干是可以带的。

祝好。

小鹅
九月二十一日

你说我滚回去,你想我了吗

> 你等着吧!说不定那一个月,或那一天,我可真要滚回去的。到那时候,我就说你让我回来的。

均:

我和房东的孩子很熟了,那孩子很可爱,黑的,好看的大眼睛,只有五岁的样子,但能教我单字了。

这里的蚊子非常大,几乎使我从来没有见过。

那回在游泳池里,我手上受的那块小伤,到现在还没有好。肿一小块,一触即痛。

现在我每日二食,早食一毛钱,晚食两毛或一毛五,中午吃面包或饼干。或者以后我还要吃的好点,不过,我一个人连吃也不想吃,玩也不想玩,花钱也不愿花。你看,这里的任何公园我还没有去过一个,银座大概是漂亮的地方，我也没有去过，等着吧，将来日语学好了再到处去走走。

你说我快乐的玩吧！但那只有你，我就不行了，我只有工作、睡觉、吃饭，这样是好的，我希望我的工作多一点。但也觉得不好，这并不是正常的生活，有点类似放逐，有点类似隐居。你说不是吗？若把我这种生活换给别人，那不是天国了吗？其实在我也和天国差不多了。

你近来怎么样呢？信很少，海水还是那样蓝么？透明吗？

浪大吗？崂山也倒真好？问得太多了。

可是,六号的信,我接到即回你,怎么你还没有接到？这文章没有写出，信倒写了这许多。但你，除掉你刚到青岛的一封信，后来十六号的（一）封，再就没有了，今天已经是二十六日。我来在这里一个月零六天了。

现在放下，明天想起什么来再写。

今天同时接到你从崂山回来的两封信，想不到那小照相机还照得这样好！真清楚极了！什么全看得清，就等于我也逛了崂山一样。

说真话，逛崂山没有我同去，你想不到吗？

那大张的单人像，我倒不敢佩服，你看那大眼睛，大得我从来都没有看见过。

两片红叶子（已）经干干的了，我记得我初认识你的时候，你也是弄了两张叶子给我，但记不得那是什么叶子了。

孟有信来，并有两本《作家》来。他这样好改字换句的，也真是个毛病。

"瓶子很大，是朱色，调配起来，也很新鲜，只是……"

这"只是"是什么意思呢？我不懂。

花皮球走气，这真是很可笑，你一定又是把它压坏的。

还有可笑的，怎么你也变了主意呢？你是根据什么呢？那么说，我把写作放在第一位始终是对的。

我也没有胖也没有瘦，在洗澡的地方天天过磅。

对了，今天整整是二十七号，一个月零七天了。

西瓜不好那样多吃，一气吃完是不好的，放下一会再吃。

你说我滚回去，你想我了吗？我可不想你呢，我要在日本住十年。

我没有给淑奇去信,因为我把她的地址忘了,商铺街十号还是十五号?还是内十五号呢?正想问你,下一信里告诉我吧!

那么周走了之后,我再给你信,就不要写周转了?

我本打算在二十五号之前再有一个短篇产生,但是没能够,现在要开始一个三万字的短篇了。给《作家》十月号。完了就是童话了。我这样童话来,童话去的,将来写不出,可应该觉得不好意思了。

东亚还不开学,只会说几个单字,成句的话,不会。房东还不错,总算比中国房东好。

你等着吧!说不定那一个月,或那一天,我可真要滚回去的。到那时候,我就说你让我回来的。

不写了。

祝好。

吟

八月廿七晚七时

你的信封上带一个小花我可很喜欢，起初我是用手去揪的。

东京麴町区富士见町二丁目九，五中村方

我崇敬粗大的、宽宏的灵魂

> 灵魂太细微的人同时也一定渺小,所以我并不崇敬我自己。我崇敬粗大的、宽宏的……

均:

不得了了!已经打破了记录,今已超出了十页稿纸。我感到了大欢喜。但,正在我(写)这信,外边是大风雨,电灯已经忽明忽暗了几次。我来了一个奇怪的幻想,是不是会地震呢?三万字已经有了二十六页了。不会震掉吧!这真是幼稚的思想。但,说真话,心上总有点不平静,也许是因为"你"不在旁边?

电灯又灭了一次。外面的雷声好像劈裂着什么似的!……我立刻想起了一个新的题材。

从前我对着这雷声,并没有什么感觉,现在不然了,它们都会随时波动着我的灵魂。

灵魂太细微的人同时也一定渺小,所以我并不崇敬我自己。我崇敬粗大的、宽宏的……

我的表已经十点一刻了,不知你那里是不是也有大风雨?

电灯又灭了一次。

只得问一声晚安放下笔了。

吟
卅一日夜。八月

漂泊的灵魂

> 不敢说是思乡，也不敢说是思什么，但就总想哭。

均：

　　挂号信收到。四十一元二角五的汇票，明天去领。二十号给你一信，二十四又一信，大概也都收到了吧？

　　你的房子虽然费一点，但也不要紧，过过冬再说吧，外国人家的房子，大半不坏，冬天装起火炉来，暖烘烘的住上三两月再说，房钱虽贵，我主张你是不必再搬的，一个人，还不比两个人，若冷清清的过着冬夜，那赶上上冰山一样了。也许你不然，我就不行，我总是这么没出息，虽然是三个月不见了，但没出息还是没出息。不过回去我是不回去的。奇来了时，你和明他们在一道也很热闹了。

钱到手就要没有的，要去买件外套，这几天就很冷了。余下的钱，我想在十一月一个整月就要不够。一百元不知能弄到不能？请你下一封信回我。总要有路费留在手里才放心。

　　这几天，火上得不小，嘴唇又全烧破了。其实一个人的死是必然的，但知道那道理是道理，情感上就总不行。我们刚来到上海的时候，另外不认识更多的一个人了。在冷清清的亭子间里读着他的信，只有他，安慰着两个飘泊的灵魂！……写到这里鼻子就酸了。

　　均：童话未能开始，我也不作那计画了，太难，我的民间生活不够用的。现在开始一个两万字的，大约下月五号完毕。之后，就要来一个十万字的了，在十二月以内可以使你读到原稿。

　　日语懂了一些了。

　　日本乐器，"筝"在我的邻居家里响着。不敢说是思乡，也不敢说是思什么，但就总想哭。

　　什么也不再写下去了。

　　河清：我向你问好。

吟
十月廿九日

我的"寂寂寞寞"

> **66** 不怪说,作了'太太'就愚蠢了,从此看来,大半是愚蠢的。**99**

三郎:

我忽想起来了,姚克不是在电影方面活动吗?那个《弃儿》的脚本,我想一想很够一个影戏的格式,不好再修改和整理一下给他去上演吗?得进一步就进一步,除开文章的领域,再另外抓到一个启发人们灵魂的境界。况且在现时代影戏也是一大部分传达情感的好工具。

这里,明天我去听一个日本人的讲演,是一个政治上的命题。我已经买了票,五角钱,听两次,下一次还有郁达夫,听一听试试。

近两天来,头痛了多次,有药吃,也总不要紧,但心情不好，这也没什么，过两天就好了。

《桥》也出版了？那么《绿叶的故事》也出版了吧？关于这两本书我的兴味都不高。

现在我所高兴的就是日文进步很快，一本《文学案内》翻来翻去，读懂了一些。是不错，大半都懂了，两个多月的工夫，这成绩，在我就很知足了。倒是日语容易得很，别国的文字，读上两年也没有这成绩。

许的信，还没写，不知道说什么好，我怕目的是想安慰她，相反的，又要引起她的悲哀来。你见着她家的那两个老娘姨也说我问她们好。

你一定要去买一个软一点的枕头，否则使我不放心，因为我一睡到这枕头上，我就想起来了，很硬，头痛与枕头大有关系。

黑人现在怎么样？

我对于绘画总是很有趣味，我想将来我一定要在那上面用功夫的。我有一个到法国去研究画的欲望，听人说，一个月只要一百元。在这个地方也要五十元的。况且在法国可以随时找点工作。

现在我随时记下来一些短句，我不寄给你，打算寄给河清，因为你一看，就非成了"寂寂寞寞"不可，生人看看，或者有点新的趣味。

到墓地去烧刊物，这真是"洋迷信""洋乡愚"，说来又伤心，写好的原稿也烧去让他改改，回头再发表罢！烧刊物虽愚蠢，但情感是深刻的。

这又是深夜，并且躺着写信。现在不到十二点，我是睡不下的，不怪说，作了"太太"就愚蠢了，从此看来，大半是愚蠢的。

祝好。

荣子
十一月廿四日

有钱除掉吃饭也买不到别的乐趣

> **66** 我在这里多少有点苦寂,不过也没什么,多写些东西也就添补起来了。**99**

均：

今天我才是第一次自己出去走个远路,其实我看也不过三五里,但也算了,去的是神保町,那地方的书局很多,也很热闹,但自己走起来也总觉得没什么趣味,想买点什么,也没有买,又沿路走回来了。觉得很生疏,街路和风景都不同,但有黑色的河,那和徐家汇一样,上面是有破船的,船上也有女人,孩子。也是穿着破皮衣裳。并且那黑水的气味也一样。像这样的河巴黎也会有！

你的小伤风既然伤了许多日子也应该管他,吃点阿司匹林吧！一吃就好。

现在我庄严的告诉你一件事情，在你看到之后一定要在回信上写明！就是第一件你要买个软枕头，看过我的信就去买！硬枕头使脑神经很坏。你若不买，来信也告诉我一声，我在这边买两个给你寄去，不贵，并且很软。第二件你要买一张当作被子来用的有毛的那种单子，就像我带来那样的，不过更该厚点。你若懒得买，来信也告诉我，也为你寄去。还有，不要忘了夜里不要（吃）东西。没有了。以上这就是所有的这封信上的重要事情。

我的稿子又交出去一小篇。

照像机现在你也有用了，再寄一些照片来。我在这里多少有点苦寂，不过也没什么，多写些东西也就添补起来了。

旧地重游是很有趣的，并且有那样可爱的海！你现在一定洗海澡去了好几次了？但怕你没有脱衣裳的房子。

你再来信说你这样好那样好，我可说不定也去，我的稿费也可以够了。你怕不怕？ 我是和（你）开玩笑，也许是假玩笑。

你随手有什么我没看过的书也寄一本两本来！实在没有书读，越寂寞就越想读书， 一天到晚不说话，再加上一天到晚也不看一个字我觉得很残忍，又像我从（前）

在旅馆一个人住着的那个样子。但有钱,有钱除掉吃饭也买不到别的趣味。

祝好。

萧上
八月十七日

这几天忧国忧家,然而心里最不快的,是你不在我身边。

闻一多致高孝贞

著名的爱国主义民主战士闻一多于1899年生于湖北一个书香世家。他自幼聪敏勤奋，喜爱读书，少年时代便因文采卓然闻名乡里。1912年，闻一多考入北京清华留美预备学校（清华大学前身）。闻家远房表亲高承烈对闻一多欣赏有加，主动提出要将女儿高孝贞嫁给闻一多。高家是官宦之家，门当户对；亲上加亲，更乃天作之合。然而闻一多在清华接受的是美式教育，倡导自由恋爱，对爱情充满了浪漫的渴望和憧憬。他曾说："严格说来，只有男女间恋爱的情感，是最热烈的情感，所以是最高最真的情感。"因此，他对自己这门娃娃亲并未多加考虑。

1. 闻一多与高孝贞
2. 闻一多

  1922 年，即将结束清华的学习、准备赴美留学的闻一多迫于家庭的压力，不忍违抗父母之命，几经挣扎终于还是回到家乡，与高孝贞完婚。高孝贞是闻一多的远房表妹，比他小四岁，读过私塾，没有裹脚。在学识见闻上虽不能与闻一多相比，但也不同于一般深居秀楼的千金小姐，见过一定世面，眼界比较开阔，这在当时已实属难得。然而要让将恋爱视为最高最真情感的闻一多和一个没有任何感情基础的女人结婚，他的心里还是极端痛苦的。婚礼当天，他仿佛局外人般，被人生拉硬拽举行了仪式，此后对妻子也是极为冷漠。

  抵触与绝望过后，闻一多渐渐冷静了下来，他觉得自己仍然应该肩负起对妻子的责任。于是他鼓励高孝贞进入武昌女子职业学校学习。自己也按照之前的计划赴美留学。这期间，闻一多经常写信关心妻子的学习情况。高孝贞在丈夫的支持与鼓励下，学习了新知识，接受了新思想，渐渐地与闻一多在情感上有了共鸣。通过一封封书信，闻一多对妻子的感情发生了微妙的变化，迟来的爱情不期而至。

1925年，闻一多回国，在北平国立艺专任教。安顿好后他立即把妻子和女儿接来北平，开始了平静而幸福的生活。闻一多曾对好友说："世上最美好的音乐和享受，莫过于午夜间醒来，静听妻室儿女在自己身旁之轻轻的、均匀的鼾息声。"

1937年，卢沟桥的炮声打破了这份宁静，闻一多一家开始了颠沛流离的生活。在炮火连天中，夫妻俩靠书信传递着对彼此的思念和对家庭的牵挂。抗战期间，闻一多从著名的诗人、学者，逐步发展成为爱国民主运动奔走呼号的民主斗士，高孝贞也从他生活上的至亲伴侣，逐渐成为他事业上的同志和最坚定的支持者。

1946年7月15日上午，在云南大学举行的李公朴殉难经过报告会上，闻一多拍案而起，发表了气壮山河的"最后的讲演"，痛斥特务罪行，并表明自己"前脚跨出大门，后脚就不准备再回来"的决心。当天下午，闻一多就遭到特务暗杀，年仅四十七岁。

伤心欲绝的高孝贞没有沉湎于痛苦，她继承了丈夫的遗志，改名为高真，将自己的家作为中共的秘密联络点。后来，她冒着生命危险带孩子投身解放区，替闻一多完成了他未完成的事业。

闻一多曾说："一个人要善于培植感情，无论是夫妇、兄弟、朋友、子女，经过曲折的人生培养出来的感情，才是永远回味无穷的。"闻一多与高孝贞的爱情没有童话般一见钟情的开始，他们在颠沛流离中互相搀扶，在战火纷飞中相濡以沫，不离不弃，他们的爱情在曲折的生活中显得分外浪漫与耀眼。

大家在一起，我也心安

> **男人作起母亲来，比女人的心还要软。**

贞：

如果你们未走，纵然危险，大家在一起，我也心安。现在时常想着你在挂念我们，我也不安了，我早已想起搬到乾面胡同一层，但安全得了多少，也是问题。今天已找勋侄来，托打听旅行手续。同时将应用衣服，清理一下，放在箱里，作一准备。现在只有津浦一路可通，听说联运可以从北平直到汉口（续讯此点不确），这倒也方便。……方才彭丽天来说他也要回家，我已约他与我们同行，这来，路上有一帮忙的人，使我放心点。不然，我自己出门的本事本不大高明，再带三个小孩，一个老妈，我几乎无此勇气。好了，现在计划是有了，要走，三天内一定动身，再过四五天就可到家。不过，最好时局能好转，你们能短期内回北平。万一时局三天之内更恶化了，那就根本走不动。不过照目下情势看来，多半不至如此。写到此处，又有人来电话报告，消息确乎和缓了，为"家"设想，倒也罢，虽然为"国"设想，恐非幸事。来电所拟办法，大司夫与赵妈都同意了。戚焕章与吴妈大起恐慌。我答应他们：我走以后，在名义上仍旧算雇他们，并且多给一月工资，反正时局在一个月内必见分晓，如果太平，一月内我们必回来，否则发生大战，大家和天倒，一切都谈不到了，这样他们二人也很满意。这一星期内，可真难为了我！在家里做老爷，又做太太，做父亲，还要做母亲。小弟闭口不言，只时来我身边亲亲，大妹就毫不客气，心直口快，小小妹到夜里就发脾气，你知道她心里有事，只口不会说罢了！家里既然如此，再加上耳边时来一阵炮声，飞机声，提醒你多少你不敢想的事，令你作文章没有心思，看书也没有心思，拔草也没有心思，只好满处找人打听消息，结果你一嘴，我一嘴，好消息和坏消息抵消了，等于没有打听。够了，我的牢骚发完了，只盼望平汉一通车，你们就上车，叫我好早些卸下作母亲的责任。你不晓得男人作起母亲来，比女人的心还要软。写到这里，立勋又来电话，消息与前面又相反了。这正证实我所谓消息与消息相抵的事实。于是又作走的打算了。碰巧孙作云来了。你知道他是东北人，如果事态扩大，他是无家可归的。我忽然想到何不约他到我家来，我向他提出这意思，他颇为之心动。这一来路上又多一伴，我更可以放心了。立勋明天再来，他个人不愿走，明天再劝劝他。鉴恕二人因受训未完，恐不能马上就走，我已嘱立勋明天上西苑去打听。万一他们能早走，那就更好。总之，我十分知道局势的严重，自然要相机行事，你放心好了！

              多

            七月十五灯下

我在想你，我亲爱的妻

> **❝** 这几天忧国忧家，然而心里最不快的，是你不在我身边。**❞**

亲爱的妻：

这时他们都出去了，我一人在屋里，静极了，静极了，我在想你，我亲爱的妻。我不晓得我是这样无用的人，你去了，我就如同落了魂一样。我什么也不能做。前回我骂一个学生为恋爱问题读书不努力，今天才知道我自己也一样。这几天忧国忧家，然而心里最不快的，是你不在我身边。亲爱的，我不怕死，只要我俩死在一起。我的心肝，我亲爱的妹妹，你在哪里？从此我再不放你离开我一天，我的肉，我的心肝！你哥在想你，想得要死！

亲爱的：午睡醒来，我又在想你。时局确乎要平静下来，我现在一心一意盼望你回来，我的心这时安静了好多。

十六日

妹，今天早晨起来拔了半天草，心里想到等你回来看着高兴。荷花也放了苞，大概也要等你回来开。一切都是为你！

十七日早

这未免太残忍

> **"** 我现在哀求你速来一信。请你可怜我的心并非铁打的。**"**

贞：

除由恕侄带一信来外，我到此从未接到一信，这未免太残忍了吗？湘女病状如何，我实在担心。不是为省钱起见，我定已回来了一趟。我现在哀求你速来一信。请你可怜我的心并非铁打的。这里今天已上课，但文学院同人要后天才搬到南岳，一星期后才上课，听说山上很冷，皮袍请仍旧取出，上次信上忘记说。长沙住家并不很贵。我想开春你们还是到这里来吧。上次领到的薪水，后来才知道有五十元是十月份的。薪水本可以领到七成，合得实数二百八十元，但九、十两月扣救国公债四十元，所以只能得二百四十元。现在我手头有二十余元，银行存八十元。

来信寄湖南南岳市临时大学。

多

十一月一日

你常常写信来，我就快乐

> **❝** 我吃苦是不怕的，只要你们在家里都平安，并且你常常写信来，我就快乐。**❞**

贞：

　　本应到这里就写信给你，现在过了好几天才动笔，根本原因还是懒，请你原谅。原来希望到南岳来，饮食可以好点，谁知道比长沙还不如。还是一天喝不到一次真正的开茶。至于饭菜，真是出生以来没有尝过的，饭里满是沙，肉是臭的，蔬菜大半是奇奇怪怪的树根草叶一类的东西。一桌八个人共吃四个荷包蛋，而且不是每天都有的。记得在家时，你常说我到长沙吃好的，你不知道比起我来，你们在家里的人是天天过年！不过还有一线希望。现在是包饭，将来打算换个厨子，由我们自己管账，或者要好点。今天和孙国华（清华同事，住北院）

上街，共吃了廿个饺子，一盘炒鸡蛋，一碗豆腐汤，总算开了荤。至于住的地方，是在衡山上的一所洋房子，但这房子是外国人夏天避暑住的，冬天则从无人住过。前晚起风，我通夜未睡着。有的房间，窗子吹掉了，阳台上的栏杆吹歪了。湖南一年四季下雨（所以湖南出雨伞），而这山上的雨尤多。我们到这里快一个星期了，今天才看见太阳。总之，我们这里并不享福。我吃苦是不怕的，只要你们在家里都平安，并且你常常写信来，我就快乐。据说这里冬天很冷，皮袍非要不可，请你仍然把当取出，早些做成，和丝棉短袄一并寄来。鹤儿小妹身体恢复否？念念。

多

十一月八日

你的信使我喜出望外

> **❝** 到此,果有你们的信四封之多,三千余里之辛苦,得此犒赏,于愿足矣! **❞**

贞:

在昆明所发航空信想已收到。我5月3日启程来蒙自,当日在开远住宿(前信说在壁虱寨,错误),次日至壁虱寨(地图或称碧色寨)换车,行半小时,即抵蒙自。到此,果有你们的信四封之多,三千余里之辛苦,得此犒赏,于愿足矣!你说以后每星期写一信来,更使我喜出望外。希望你不失信。如果你每星期真有一封信来,我发誓也每星期回你一封。在先总以为蒙自地方甚大,到此大失所望。数十年前,蒙自本是云南省内第一个繁荣的城市。但当法国人修滇越铁路的时候,愚蠢的蒙自人不知为何誓死反对他通过。于是铁路绕道由壁虱寨经过,于是蒙自的商务都被开远与昆明占去,而自己渐渐变为一个死城了。到如今,这里没有一家饭馆,没有澡堂,文具店里没有糨糊与拍纸簿,广货店里没有帐子。这都是我到此后急于需要的东西,而发现他都没有。然而有些现象又非常奇怪。这里有的是大洋楼,例如法国海关,法国医院,歌胪士洋行等等,都是关着门没有人住的高楼大厦,现在都以每年三两元的租金租给联合大学作校舍了。自从蒙自觉悟当初反对铁路通过之失策,于是中国自己筑了一条轻便铁道,从壁虱寨经过蒙自与个旧,以至石(屏),名曰壁个石铁路,(我们从壁虱寨换车来到蒙自,便是这条铁路。)但是蒙自觉悟太晚了,他的繁荣仍旧无法挽回。直到今天,三百多学生,几十个教职员,因国难关系,逃到这里来讲学,总算给蒙自一阵意外的热闹,可惜这局面是暂时的,而且对于蒙自的补益也有限。总之,蒙自地方很小,生活很简单。因为有些东西本地人用不着,我们却不能不用的,这些东西都是外来的,价钱特别贵,所以我们初到此需要一笔颇大的"开办费"。但这些东西办够了,以后恐怕就有钱无处用了,归根的讲,我们住蒙自还是比住昆明省强。

前天经过开远的时候,遇见殷先生全家新从海道来,往昆明去。殷太太当然问起你,殷益蕃和他们大妹望着我笑,虽然没有说话,但我明白他们心里是在说"闻立鹤闻立雕呢？"余肇池先生现在就住在我隔壁，余太太和他们全家住在昆明，大概不搬到蒙自来，反正蒙自到昆明，快车只一天路程。 张荫麟在昆明，他太太住在香港，暂时不来。汪一彪在昆明，太太快来了 此外一时想不起，就住在我隔壁房间的讲，陈寅恪浦薛凤沈乃正家眷都未来。但也有租好房子，打算接家眷的，如朱佩弦王化成等是也，问你安好。

多

五月五日

再一个月，我们就可见面

> ❝ 这次你来了，以后我当然决不再离开你，无论如何，我决不再离开你一步。我想，你也是这样想吧？❞

贞：

今天接到你六月二十四日的信，说三四日内动身来省，现在想已来到，婆婆想已去沙洋，爹爹何时来省，细叔现在何处，来函盼告我。武汉局势暂时似不要紧，近日敌机仿佛也不大到武汉来，你们暂时在武昌住下再说，万一空袭来得厉害，就往咸宁躲一躲，请大舅在武昌我家暂住，以便照料。旧衣服可先寄来，我需要的裤褂以及你们应添的衣服，若来得及，无妨做起来，也由邮局寄来，上次信上说到学校迁移的事，究竟迁到什么地方，现在尚未决定。如果在昆明附近，我们还是住昆明，但我一时又不能到昆明去找房子，二十五日考大考，我大概要月底把卷子看完，才能离开蒙自，你们最好也在月底动身，汽车票听说要早买，或者月半前后请大舅上长沙去一趟，把票先买回来，亦无不可。将来走时，仍请大舅送至长沙，到贵阳可找我的同班聂君照料，下次我再寄一封介绍信来。细叔的事大致无问题，上次信中已说过，细娘是否同来，关于他们的情形，来信请告诉我，以便好找房子，现在计划已经大致决定，我想你心里可以高兴点，只再等一个月，我们就可见面，这次你来了，以后我当然决不再离开你，无论如何，我决不再离开你一步，我想，你也是这样想吧？叫孩子们放乖些，鹤、雕读书写字不可间断，前回信上说你又有些发心慌，现在好了没有？

多
七月一日

前请三哥定《大公报》，如未定，请不要定了。

如何教你不恨我？

> **从今以后，我一定要专心事奉你，做你的奴仆。**

贞：

　　武汉轰炸两次，心里着急，不知你们离开武汉否，接到你们初到长沙的电报才放心。后来见报长沙也被轰炸，又急了好几天，直到前天二次电报来了，才知道全体动身，更是感天谢地。现在只希望路上不致多耽搁，孩子们不生病。这些时一想到你们，就心惊肉跳，现在总算离开了危险地带，我心里稍安一点。但一想到你们在路上受苦，我就心痛。想来想去，真对不住你，向来没有同你出过远门，这回又给我逃脱了，如何叫你不恨我？过去的事，无法挽救，从今以后，我一定要专心事奉你，做你的奴仆。只要你不气我，我什么事都愿替你做，好不好？昆明的房子又贵又难找，我来了不满一星期，幸亏陈梦家帮忙,把房子找好了,现在只要慢慢布置,包你来了满意,房东答应借家具,所以钱也不会花得很多。照规矩算起来,今天可以到贵阳。如果在贵阳多休息几天,这信你便可以收到。现在告诉你一件要紧的事,前几天同事新从这条路来的说,天热易得疟疾,须先吃金鸡纳霜预防,每次吃三颗,隔一天吃一次,小儿减半。我前次在路上吃过十几颗,确乎有效。路上情形,若来得及,请来一封信告诉我。我因房子内部未布置好,不能来贵阳,很对不起你,求你原谅。但我实在想早和你见面。由聂先生转的款国币百元,想已拿到。以后来电信寄"昆明联合大学"就行了。祝你路上平安。

多
廿八日早

房子七间,在楼上,连电灯,月租六十元,押租二百元,房东借家具。这条件在昆明不算贵,押租已交,房租候搬入时再交,厨房在楼下。

```
        朝 南 正 房
       ┌────┬────┬────┐
       │    │    │    │
   ┌──┐└────┴────┴────┘┌──┐
西│  │  ┌──────────┐    │  │东
厢│  │  │  天   井 │    │  │厢
房│  │  └──────────┘    │  │房
   └──┘                 └──┘
```

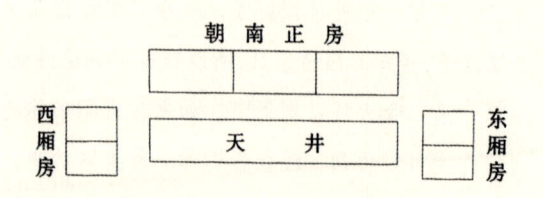

地点买菜最方便,但离学校稍远,好在我是能走路的,附近有小学。

房东是中医,开着很大的药铺,其亲戚徐君当教员,我认识,是游先生的好友。

黄炎培致姚维钧
&
姚维钧致黄炎培

1. 黄炎培与姚维钧
2. 1942年黄炎培与姚维钧结婚照

黄炎培生于1878年，是中国近现代著名民主主义教育家。他与第二任妻子姚维钧的恋情，充满着传奇色彩。

姚维钧生于1909年，1941年与黄炎培相识，那年她三十二岁，而黄炎培已经六十三岁。彼时的黄炎培是名满天下的民主人士，而姚维钧只是一个未毕业的大学生。二人之间不仅年龄相差悬殊，社会地位更是完全不同。二人以书信形式相识，纸笔往来八个月后才得以见面。见面后第六天便举行了婚礼。一切都出乎所有人的意料。

黄炎培果敢而自信，既热情奔放，又心细如发，老于世故与至情至性兼而有之。当机遇来临时，更是敢于追求幸福。

2

姚维钧的性格也很沉稳、富于主见。她曾在给朋友的信中透露，对黄炎培产生敬慕之情，已有二十年，"自有知以来，就对他发生敬仰，不知不觉的种下了情芽，而又纯洁的爱上了他，只是为了种种约制，我把这种纯洁的爱，深深地敛在心坎，二十年如一日。我一点不给它有表达的机会"。

1940年，黄炎培的结发妻子王纠思病逝。一年后，黄炎培接到姚维钧的拜师信。黄炎培老于世故的一面立刻表现出来，在第一封回信中，即明确询问姚维钧的年龄、籍贯、家庭情况、修学状况，并让姚略述自己的志愿。得到的信息令黄炎培感到满意，同时感到惊讶。原来，姚维钧与王纠思竟是同乡，同为浦东南汇南浦镇人。

冥冥之中自有天意，姚维钧似乎注定是黄炎培的最后归宿：她服装简朴、待人热情、胸襟高洁、忠诚而勇敢……这些品性，都酷似黄的恩爱发妻王纠思。在黄炎培的悼亡诗作中有"吾生万念一时灰"的悲叹，极写共同生活了四十年的发妻的去世给其带来的打击，而姚维钧的出现，让黄炎培似乎看到了王纠思的"影子"而备感欣喜。这一点，黄炎培直言不讳，姚维钧也不计较。

姚维钧并没有因爱情而失去自我。婚前，她坚持经济上的独立。她大学毕业前夕，二人已经情到深处，黄考虑到此时花销较大，给她汇去一千元钱，然而这番慷慨却遭到姚维钧的谢绝。在信中，她告诉黄炎培，自己不能领受这样的美意，她呼告黄炎培"成全我良心上之主张"，坚持二人见面时将钱奉还……如此，我们可以看到一个独立自主、自尊自爱的新时代女性的影子。

黄、姚二人自1941年12月开始通信，到1942年8月结婚，8个月中，通信百余封，不但频率高，且热度灼人，尤其是黄炎培，如其自称的那样，是一副"火烈烈"的性情，在感情表达上的奔放热烈，丝毫不亚于年轻人。黄炎培本就是一个诗人，具有诗人共有的情感丰富敏锐的心理特点，历尽沧桑，花甲之年后，更是柔肠百转，动辄老泪纵横。对此他并不羞于让姚知道，在信中，"我又哭了"这样的话，时常出现。这是黄真性情的表现。

与黄炎培的炽烈奔放相反，姚维钧在感情中所表现出的反而往往是更理性与冷静的一面。几个月的书信往来之后，当黄炎培在信中特附一小笺，明确向姚维钧表达爱情时，姚的反应是还不能接受黄的爱情，她认为，两人还没有见过面，黄对她的缺点还不够了解。这个足以说明她的理性和真诚。

黄、姚结婚后，生有四个孩子。令人欣慰的是，这段奇情不曾褪色。1954年8月，黄、姚结婚第十二年毕，为了纪念，二人特定制了紫红色纸夹，用来包装前述百余封信。黄炎培在其上题"灵珰百札：黄炎培姚维钧共同生活第十三周年开始"。2012年，黄炎培之子黄方毅出版了黄炎培与姚维钧的家信合集，名为《灵珰百札》，此书名便由来于此。

1965年黄炎培去世，1968年，姚维钧服安眠药自尽，时年五十九岁。二人的旷世奇缘，至今仍为人们所传颂。

谢君厚意

> **人生只恃互助耳,我惟尽力助人,他非所问也。**

黄炎培 致 姚维钧

维钧:

此时才获写信致君矣!君四月九日信十九日信廿三日信先后收到,号外也收到,多谢君厚意。实因炎自廿三由湄潭才抵家,积下十天中间收到之八十多封信,同时办募债会移交手续,又于廿六、廿八患疟两次,扰扰了好几天,竟不能抽暇作复,即此信也屡作屡辍,请君原谅。第一希望君能暑假毕业后来渝,吾两人通信如此多而炎未识君面(摄影不能传神),如何是好?此间(即张家花园之主人)巴蜀学校校长周勖成吴县人(炎十五年前介绍给巴校校主者),现延君为渝校主任。巴校有中学有小学,本校已迁西充。巴校现有一班中学几班小学,主任任课并不多，略管行政事情，都很简单，月薪三百元，食有平价米，与炎在一处宿舍。炎处尚留地位，如君愿来可以共朝夕矣！此职比较清简，炎或有私人整理文件等事，可请帮忙再述。炎之寓所状况五男四女，除多数在外服务各自独生活外，尚有二女在成都金陵学院，男在重庆沙坪坝中央工业专科学校肄业外，身边无儿女。自内子去世，有一妹（张太太）专以上海来陪我，我之生活专靠此聪明能干之晚妹料理。所谈巴蜀学校、中华职教社、中华职校，原有募债会，还有炎所负责之各个文化经济事业都在此张家花园，环境也颇幽美，来往良朋都集中于此。君能来与否盼复，来时车辆问题此时极感麻烦。炎不在筑，无从途为料理。炎有至友严耐安住贵阳石板坡一号，是一位有名的县长。将于五、六月间携眷来渝，最好结伴同来。兹备一函，望君亲去一见。系一时间不巧，严先生也必尽力设法，或君别有友人可帮忙，但总望能有良伴。想同学甚多，暑假后必有人来渝，似可早为注意约定到渝先抵江之南岸海棠溪有轮渡过江至储寄门码头，可雇车或搭车到观音岩，下坡二百阶即张园，藉可直达张园（假名张家花园）。附图。因炎五月十至十三号间动身赴成都,后须至六、七月之间才回渝。君来或我未回，然有妹张太太在此，必能料理周到，决可放心。高考乎？研究院乎？他途乎？且待相见畅谈论，炎当贡献新意见。

君勿徬徨，炎任青年指导二十余年，必能做君家忠实之顾问且当尽力协助，以达君所到达之境地。维钧乎！人生只恃互助耳，我惟尽力助人，他非所问也。李思敬女士谈，作函嘱来看我可也，成都厉晋院街四川教育厅内中华职业教育社。君此信如即寄复可寄渝，稍迟快寄成都上址。　　手致

　　学安！

　　　　　　　　　　　　　　炎卅一.五.三.
　　　　　　　　　　　　　附致严函、诗、渝市略图

湄潭诗附上，浙大讲题从世界大战说到教育。

人生旅行，
是真性情暴露的最容易时机

> **❝** 你说我有理想，有计划，能实行，能收效，朋友中认识我的很多，像你认识我到这样，你切是难以得到的。**❞**

维钧：

昨六月三十发一信，想先收。今日讲座第二天，兴奋之下正在稍感疲乏。工友送来一大叠信，内一封，一看外表，即知是你的信，但用挂号，有些异样。急开视，乃知汶川信已到（而且威州信亦到。）我料不到这般快。我大兴奋。

维钧：我读了这信，第一安慰知道你对我这些话，没有以为亵渎而动气。此等话，如果对方是一位老式而怕羞的，很可以生气。我事后不免感觉此事太唐突你。现在我安慰了。

我俩都说真实话的。我把心田里前后经过,坦白地说给你听。我是一个饱经世变而且交往同性异性相当多的人,自信决不会盲目地一时冲动,倾送爱情于一位异性青年朋友的。最早乃因我在哀痛之中,忽然知道你是周浦人,使我唤起注意。其后续续通信,都使我满意,而最大的刺激,乃沁园春一阕,其中辛神轮三韵,不知使我淌了多少热泪!维钧!你要十分谅解我:我是一个满怀悲痛,为了爱国救国的一念,积几十年努力,眼睁睁国破家亡现象摆在眼前。(维钧!吾写至此,吾哭了。)辛字一韵,真正打到我心弦最深处。因此吾想到像这位女青呀!才是吾的真正同志,这是第二步。后来承你对我十分关心,十分爱护,我暗暗想:吾是一个失偶的孤雁,看天下没有一个不爱的人, 但也没有一个爱人了。料不到还有你如此爱我。"人非木石,岂能无动于中。"因此,更推想到你也许对我有同感么?假如双方有这同感,难道我不说,倒要让你说罢!想到此,立刻自己切责自己,你不要胡涂。你多少年龄?你忍心为了自己幸福,去牺牲他人锦绣前程吗!对。对。立刻把意马心猿收束起来。但有时自己又替自己辩护,我不是为了男女之私,为的是增加彼此为国家为社会服务上的助力。或者竟可以原谅的。但是到底不行。自己问自己,你不是说明:你有若干求偶条件么?怎么矛盾到这般田地!这是第三步。可以说"发乎情,止乎礼仪",或者竟说"发乎情,止乎理智"罢。

人生旅行，是真性情暴露的最容易时机。自上文所说这种心理种下以后，我心中时时地地有一个你在。所以一得杂闲，便思作信给你。有苦痛，有快乐，有写作，都想倾倒于你之前。而承你也是同样地待我。一上此意更浓上加浓了。到娘子关前，忽然心田里自然而然发生这一幕电影，在滑干上就写了这个作品。一切办好，当夜忽然变计，不敢付邮，怕你接到后，认为亵渎了，大生气，如何是好？到明天，还是鼓着十分勇气，亲上邮局发邮。

寄发以后，内定一个方案，此事待到渝面见后，倾筐倒箧地极坦白地讲给你听。但结论仍归束到我的矛盾心理上，如果面议，是双重心理的说明，而非根据确定的主张，提出请求。既内定了，倒也坦然。

也足合当有事，六月廿六和思敬两人会餐，谈到这回事，以下就是六月廿六所发附函中语。

现在这样承你表示，我只有十万分感激。不过对你提出两点，我有答复：第一点，我之认识根据是你，并非一时冲动。吾自叹"阅人多矣"，佳人易得，同志难求。吾之爱君，已成铁案。第二点，确是没有见过你。一个小影，吾认为不够代表。但承思敬将你身材、风度、行动,描写给我听,她还说太像照片中的黄师母了。维钧!我所注意,本不在容貌之艳丽,服装之漂亮,装饰之时髦,(思敬还说你不爱时髦,又和黄师母一样,反而增强我以爱夫人者爱你。)见不见却无关系。那么说到这里,就坚决地对你提出请求了么?不是。不是。我的决定语如下:

我承你重视我,以师礼待我,我今以"师"的地位,为此问题,对你贡献一些参考之意见:此人一切一切,你和他作终身伴侣,都还可以,于你也有益处。就是一点,年差太大。虽身体还健,到底年龄是无可勉强的。所以这件事,你不答应他,是合乎原则的。如果答应他,是你的牺牲精神,是你对他特别的重视,是例外。你还是自己慎重考虑为宜。这是我因你这般敬重我,做一个十分尽忠于你的建议(是以否决为原则的),那么,这样说来,一经否决,你将作何感想呢(自己向自己)?这要用到我一生最坚强的理智作用了。维钧!我如果真爱的,应该把你安放在最幸福的地位。岂可因爱她而托她一生幸福的前途,为了我牺牲,只求所谓我个人幸福,这还配称人么?维钧,你相信我是说的出,做得到的。虽然因此吾吃大亏,失却极大帮助,但我为真理,是一切不顾。前书所谈"此心白到天堪表",就在此等处。

但是我始终地永远地爱你的。(不过等我或他人介绍的相当人选，使你生活圆满以后，我不可以这样的。应该避嫌的。不是我的世故，是真理。此时我和你无论怎么相爱，决无妨碍，因为彼此都是单身。我生平对有偶的异性，绝对不敢过分的接近。）即如眼前这封信，你说我有理想，有计划，能实行，能收效，朋友中认识我的很多，像你认识我到这样，你切是难以得到的。这就是你的聪明。维钧！你固然不宜自大，但也不宜暴弃，堂上付给你脑力真是不错。我的爱你，就在此等处。

  维钧！我再贡献你句话：大事要当作小事。要举重如轻。此事没什么了不的。你不要因烦闷而损害精神的灵活，乃至影响到健康上，我更对不起你了。

  祝你健好！

炎培　上
卅一．七．一．蓉

芳草也正在求我

> **你爱我，你先爱自己**

维钧：

你不厌麻烦么？我又来写信啰唣你了。昨发一书长信，关于某事，我的话已说光。将你廿六信反复读来，你已明白答复我，进一层替我设想种种，我只有万分感谢你见爱的厚意，一切一切，留待到渝相见面谈。（惟对我所提我之最大弱点一节，君如有意见，仍愿先闻。）此事我今暂且不谈，可否！

我今欲与君谈及者，吾人抱这般大的志愿，究竟该从哪里做起，此点值得大大考虑。我在九一八以后，在抗战后参加政府工作之前以及现时为国服务皆先定下一套理论，根据这理论，提出计划，自问清清楚楚不会走错路，且可增加走路效能。我极愿为君协助解决此问题，但未能深悉万千部分君之兴趣何似，故未敢轻率下断。留待面商。惟放在面前的一问题，我两人还是合起来努力？例如不久我也许去各处演讲，你同去使我得更大的效力，是合。还是分开来努力？你专任一种职务，是分。倒有先决之必要。君对此似也可先事考虑及之，以待见面时之商决。

讲座已及一半，过去各场，有自觉满意者，有不甚满意者，有甚不满意者。非尽技术关系，实苦徒手作战，依傍□□①，此等处也值得吾们细细检讨改进。我请听讲座者书面提出意见，竟因此得到佳士数人，大为可喜。其一人年纪极青，思想极周妥精切，可爱之至。"天涯何处无芳草"。维钧！在吾辈处心求之耳。须知芳草也正在求我也。此也是吾辈应尽职责之一端。我只觉随时随地都是吾辈服务的机会。只须吾辈肯去干。譬如这次到汶川、理番、灌县，都得到很好的朋友。越是内地有心人，才越是诚心求友。譬之枯庙烧香，为菩萨者降座欢迎矣。我所苦者，身边但□不健全，得一良友，别后须继续写信用工夫，否则久而淡忘，等于未得。然而我继续用力不够也。

君谈我有理想，有计划，能实行，能收效，我确可承认。细加分析，理想与计划，是父母赋我的脑力。实

---

①此处原稿字迹缺失或难以辨认，后同。

行是根据我修学得来的工夫，至于能行与有效，乃是吾的资格慢慢培养出来的，初出茅庐无此也。总之我尚能自知，能自珍重。

君谈"你爱我，你先爱自己"我诚意领受。我除非为了为众服务，此外孟浪销耗我精力处，可称绝少绝少。君将来常日相处，可以证明此语之不谬。总之君如此见爱，敢不加倍珍重此有用之身，留为国用。也所以报君之爱我也。

维钧！你已明白吾的心，我也已明白你的心。老实说，我是爱你，你也是爱我。我和你都是单身，彼此相爱，法律所不禁，道德所允许，没有什么遮遮掩掩。古人云："人生得一知己，可以不恨。"我和你应互相道贺。至于生活方式，我为犯了弱点，不应有坚强的过分要求，前信已说完了。这一段话，维钧！你以为怎样？写至此，大风雨来了。我正躲居斗室中，古人风雨则思良友。维钧！吾念你矣。

现时想已考毕。维钧，你没有特制一套学生制服么？这种排场，实欠自然。

现在千言并一语，就是盼你告我何日可离筑以及有无同伴？车辆如何？皆我所当尽力想法者。祝你身心均好！从此你不必精神异状。一切一切，为公为私，吾已替你想的千周万妥决不使你为难。维钧！你安心罢！你仍过你没心事的生活罢！

炎

卅一．七．二．

维钧！我和你通讯太严肃了。这样简直讨苦吃，不是讨欢喜了。我同你开个玩笑吗！思敬说你身材比她短些，但是胖胖的。你来信也说到胖，是确的。这样说来，你这个人不是长的，是偏的。我摹拟一下，大概你这个人像荸荠。维钧！荸荠可以炒酱煨蛋吃吗？吾所爱的维钧，请你答复我，一个爱你者。维钧！你只听了我的演说，还没有听到我的笑话，你小心！将来莫笑歪了嘴。

我说了，这类笑话之余，倘你认为我不像个老师，把我老师免职，亦好，我正在求友呢！

补写

智者千虑，必有一失

> 因为我的爱你，不是寻常为男女间关系，否则天下那有'没有见面的情人'呢！而况最近互相辩论的问题，只有增加'爱'的成分，绝无一丝一毫会摇撼'爱'的基础。

爱维！

刚才亲去发了一封信，想想有些不妥，词句中多少有点负气，怕你难过，至少要不安，越想越恐惧，急写这第二信。劈头和你说两句话：（一）不论过去、现在、乃至未来，任何动作里不会影响到我对你的爱。因为我的爱你，不是寻常为男女间关系，否则天下那有"没有见面的情人"呢！而况最近互相辩论的问题，只有增加"爱"（我对你）的成分，绝无一丝一毫会摇撼"爱"的基础。（二）从前说过了。任何意外的奇特的事情发生，决不会影响到我的报国救国工作。因为这是我先天的使命。在世一天，我无法减轻一铢一黍的。说明了这两点，你可以用不着不安了。这两项说明，我想，拜且我俩可以公用的。爱维！想你一定赞同我意。

我们来说个笑话罢！古人说："智者千虑，必有一失。"一点不错。我过去得力于"替对方想"，凡是小小胜利，都从这点上来的。料不到这次遭遇了失败。前信两点：（一）精神上。（二）物质上。都出发于"替对方着想"的一念。不料碰到了你这位"超人"的小姐，我的一番美意，竟然"逢彼之怒"，几几乎影响到大局上。从此我相信任何主张，它的利害，只是相对的。所谓"例外"，真是值得注意。真是"人藏其心不可测度也"，从此莫敖不敢狂于蒲骚之后。哈哈！从此我不敢自夸老经验了。须知失败就在这老经验上。

爱维！你要原谅我，须知我了解你，是爱你。我不了解你，也是爱你。认识了这一点动机，你应当增强兴奋。我也只有增加兴奋。并且我已经了解你认识到这点了，那能不加倍又加倍地兴奋。再说一个笑话，一片盘古以来没有开发过的农田，一个曾经独家经理过的工厂，双方代表大家在那里，表裸它的特色，吹得有声有力，旁边一人，在说冷话，算你俩都是了不得。到底农有余粟，女有余布，你俩何不交易一下，使"各得其所"呢！

爱维！上边这个问题，今后不要谈了，好吗？这都为没有机会见面，光靠文字传达意思，所以容易发生这种事情。一见面，一切一切都容易解决，你想对吗？爱维！你把我最近几书信，凡是用这个称呼以来，请复阅一遍，你更想一想，我这向来独家经理的工厂代表，在这大转折期间，心理上的震荡，到什么程度呢？虽然我了解你和我同样，或更过了。我此时不想别的，只想廿六夜怎样赏月。

我祝望这书信入你的眼匡①的时候，距离前一信时间很短很短。免使你遭受那我所不愿你受的刺激。

如爱维！再会！再会！

炎

卅一．七．十四．下午六时成都自

---

① 应为"眶"

我火烈烈的情绪无法传达

> **66** 无论我内心对你怎样情热，总不肯形诸笔墨。**99**

姚维钧
致
黄炎培

任之老师：

　　午后五时二十五分试场回寝室，又发见你两封信躺在我床上，高兴极了，精神紧张之余，你又来安慰我了，但看了你十六日发信，我因刺激过度而流泪了。任师！我敬爱的任师呀！我恨不能立刻投在你怀中向你赎罪。我一句无意识的话却不料闯下滔天大祸。任师！我吓死了！想见你那天四肢瘫痪，精神全无的景象，我眼前昏黑了，越想越怕，终于流泪了。任师！亲爱的你最近太兴奋了，安静些，身体要紧。你要知道你今后的健康影响到不止你个人的了，我的一切都握在你掌中了。我再讲一遍："你爱我，先要爱自己。"

任师！我也爱你到极度了，信上对你偶然有些失检的话（记得十六日信中又写一句到渝视为畏途，千万不要认真），但心中决不如此想。任师！我行李、旅费、其他种种一切都准备好了，专候车来渝了。我要来安慰你，我向你赔礼。

任师！你说我聪明内敛的，我还是否认我聪明，我没有聪明来内敛，我只有一腔热情（对你的爱）是内敛，而且是内敛久了，至今还是这样，无论我内心对你怎样情热，总不肯形诸笔墨。任师！你也许嫌我写信太冷淡，任师！我内心对你并不冷淡啊！只是我这火烈烈的情绪，找不到恰当的字来传达出，任师！你窥见她的内心，你当领略她对你的一腔情热。

任师！我看了你十四夜十时四十四分写的一节信，培刺激过甚了。本想写一封很长的信来安慰，但语无伦次，老是写不下去。任师！亲爱的任师呀！你要相信，她永远是你的了，她的爱你是不受任何影响的，她的一生都是在爱着你，她偶有语言失当时，不是她的内心，你千万不要认真。今后凡是你的任何快乐就是她的快乐，你的幸福就是她的幸福，你的健康就是她的健康，你的一切就是她的一切，你和她永远分不开的。

任师！我已经接受了你对我的"爱"，我永远不变的了。我考好后立刻来安慰你，一定来，你放心！任何人不能阻止我，拉住我，我一定坐了一辆很稳速的车来安慰你，明天加试毕，我又要出去奔走车子问题了。任师！此刻你一定看到我十三号发信附上的照片了。你看了，怎么样？任师！许多人报告我重庆很热，你在这炎热的天气要多休息，你不要太蛮劲，人毕竟是血肉之躯，须要爱惜，才能保持健康。

任师！今年七月廿六夜分赏一会明月后，以后我俩，永远要同赏的了。任师呀！我的心灵早跟着你了，我的身体也将永远地紧跟着你了。任师！我不能和你再分开了。

心中有千言万语，写不下了。任师！你原谅我无心之过，以后不再犯了，即使犯时你可以纠正，决不会再像此次闹出大问题来。任师！这次我错了，你饶赦我！

此刻我虽精神异常，但明天一定能安静的应付考试。任师！你放心，考试我有把握。

祝

快乐！快乐！！永远的快乐！！！

你的爱维草复

31.7.21 夜 9 时 20 分

删、铣、巧三电均悉。

任师！我说错的话，刚才已在上帝面前忏悔过了，求上帝宽恕。任师！我俩的相爱确是天意呀！我对你的一切都禀告上帝。

你曾写给我"有志竟成，入世初步"一对联。也许你忘了，扇子上题诗你也告诉过我的。任师！我去睡了，我要在梦中先安慰你。

你现在不能爱我

> 我有一颗和你一样的心。自从有知识以来，都深深的藏在那里，我又自信很爱国，但深恨力薄，没什么贡献国家，只是识得你为国家的救星，你能担负起救中华的重任。

任之老师：

二十三获十四自汶川赐书，开封前觉封面不平，我疑其附物，及开封后果发见有一小缄。维为好奇心所驱，先阅缄内一切，不禁起了许多痉挛，全身如通了电。任师：我不明白怎的，不知不觉中蒙你这般宠爱？感谢任师厚意，赐物已郑重藏起，信中一切读后凝神好久，接着又理智的分析一下。任师：我觉得你现在不能爱我，理由如下：一、你认识我的时间太短，没有观察到我整个的人，将来发见我有许多缺点时，也许会感到不值得爱。二、诚如你所说的"没有见过面"，一个没有见过的人，怎么能够爱。任师：我很客观的为你着想，贡献你这两点，你以为如何？你是否要不满意我的答复？但是，任师！你不要难过，我有一颗和你一样的心。自从有知识以来，都深深的藏在那里，我又自信很爱国，但深恨力薄，没什么贡献国家，只是识得你为国家的救星，你能担负起救中华的重任。你若真的能因我而使你更兴奋，更活泼，为国家尽更多的责任时，那今后你需要我协助的地方，我必尽力助你的。任师！凡你的期望，我总愿尽我之力做到的（借用你对我说的话，但也是我的心中言）。歌一曲，欣赏了好几遍，我深深的受感动，深深的领会了你对我的真挚。任师！我自问，实在没有资格接受你这伟大的爱。任师：我每次读你来信，总要沉思好久，这会由沉思而又勾起许多矛盾。任师！我本是一个很单纯的人啊！同学们常问起我："你怎么能这样胖？"我的回答："我只是能做得动，吃得下，睡得着，笑得出。"简言之，是一个没心事的人。任师！我就是这样长大的。但过去当然经过一番像你歌上所写的"苦战和坚拒"，才能维持到现在做一个单纯的人。但近来不知怎的精神上有些异样，不像从前那样轻松空虚了，有时感到安慰和兴奋，有时又感到沉重和烦闷。任师！我不了解，人生是那么"神秘"的。

　　此信到达时，想吾师已回蓉矣，长途旅行后，伴以长期演讲,任师！你太辛苦么？你可能范围中多休息么？任师！你爱我，先要爱自己。写至此又接你十五日自威州来信,甚慰!汶威段行程艰险,维当时若与吾师等同历此境,也许并不怎么胆怯,然此刻遥想起来,煞是心惊!愿上帝保佑你们平安回蓉,此时遥为你们祷告。

　　任师!我和你所处的时代环境中所引起的感想尽相同。而我们努力的出发点亦尽相同。惟吾师的努力,是有理想亦有计划,有计划即能实行。实行后却能收效的。维之所以敬佩吾师到这地步,其中也包含这一点。任师!我自信我只身跑到内地来,是受着爱国心的冲动,到内地后想更努力的正己正人,是目击内地情景使然。任师!我愿追随在你后而共同努力,挽救这危险万分的家。

　　诗中表现边地情形很真切,吾师爱国爱民之热忱亦时时涌现于行间。其描写社会实况及民生疾苦均很清楚,大有杜甫的作风,能代表一个时代的。我本不敢对吾师作品下评语,只是感觉到这样就这样乱说,尚祈纠正!月底回蓉后我已通知敬,嘱她代我慰劳你。七、十一、十五、十八、廿一,各信都收到吗?

　　祝

　　康乐!

维　钧　上
卅一.六.廿五.夜

图书在版编目（CIP）数据

见信如面 / 鲁迅等著. — 北京：中译出版社，
2021.3（2021.7重印）

ISBN 978-7-5001-6518-7

Ⅰ. ①见… Ⅱ. ①鲁… Ⅲ. ①书信集—中国—现代
Ⅳ. ①I266.5

中国版本图书馆CIP数据核字（2021）第037313号

出版发行：	中译出版社
地　　址：	北京市西城区车公庄大街甲4号物华大厦6层
电　　话：	（010）68005858，68358224（编辑部）
传　　真：	（010）68357870
邮　　编：	100044
电子邮箱：	book@ctph.com.cn
网　　址：	http://www.ctph.com.cn

策划编辑：	范　伟　张若琳
责任编辑：	范　伟　张若琳
营销编辑：	曾　頔　郑　南
封面设计：	柒拾叁号工作室
排　　版：	柒拾叁号工作室
印　　刷：	北京顶佳世纪印刷有限公司
经　　销：	新华书店

规　　格：	880毫米×1230毫米　1/32
印　　张：	9.5
字　　数：	150千字
版　　次：	2021年3月第一版
印　　次：	2021年7月第四次

ISBN 978-7-5001-6518-7　　定价：68.00元

版权所有　侵权必究
中　译　出　版　社